16	3	2	13
5	10	11	8
9	6	7	12
4	15	14	1

Coleção LESTE

A. P. Tchekhov

MINHA VIDA

Conto de um provinciano

Tradução, posfácio e notas
Denise Sales

editora 34

EDITORA 34

Editora 34 Ltda.
Rua Hungria, 592 Jardim Europa CEP 01455-000
São Paulo - SP Brasil Tel/Fax (11) 3811-6777 www.editora34.com.br

Imagem da capa:
A partir de pintura de Paul Cézanne, Les toits, *1898*

Capa, projeto gráfico e editoração eletrônica:
Bracher & Malta Produção Gráfica

Preparação:
Elena Vasilevich

Revisão:
Alberto Martins, Lucas Simone

1ª Edição - 2011, 2ª Edição - 2013 (1ª Reimpressão - 2020)

CIP - Brasil. Catalogação-na-Fonte
(Sindicato Nacional dos Editores de Livros, RJ, Brasil)

Tchekhov, A. P., 1860-1904
T251b Minha vida / A. P. Tchekhov; tradução, posfácio e notas de Denise Sales — São Paulo: Editora 34, 2013 (2ª Edição).
160 p. (Coleção Leste)

ISBN 978-85-7326-475-3

1. Literatura russa. I. Sales, Denise. II. Título. III. Série.

CDD - 891.7

MINHA VIDA
Conto de um provinciano

I

O diretor me disse: "Mantenho-o somente em respeito ao seu venerável pai, senão o senhor já teria voado daqui há tempos". Eu lhe respondi: "Lisonjeias-me demais, vossa excelência, julgando-me capaz de voar". E depois ouvi quando ele disse: "Deem um jeito nesse senhor, ele acaba com os meus nervos".

Daí a uns dois dias fui demitido. Assim, desde que me considero adulto, para enorme desgosto de meu pai, arquiteto municipal, passei por nove empregos. Servi em departamentos diversos, mas todos os nove empregos pareciam-se um com o outro como gotas d'água: eu tinha de ficar sentado, escrevendo, ouvindo observações estúpidas ou grosseiras, à espera da demissão.

O meu pai, quando fui procurá-lo, estava afundado na poltrona, de olhos fechados. O rosto chupado, seco, com laivos cinzentos nos pontos barbeados (de rosto ele parecia um velho organista católico), expressava humildade e resignação. Sem responder ao meu cumprimento e sem abrir os olhos, disse:

— Se minha querida esposa, sua mãe, estivesse viva, a vida que você leva seria para ela fonte de constante desgosto. Vejo a providência divina em sua morte prematura. Peço-lhe que me diga, infeliz: — continuou ele, abrindo os olhos — o que fazer com você?

Antes, quando eu era um pouco mais moço, meus parentes e conhecidos sabiam o que fazer comigo: alguns me aconselhavam a ingressar no corpo de voluntários do exército; outros, em uma farmácia; terceiros, no telégrafo; mas agora que eu já tinha passado dos vinte e cinco e aparecera-me até um grisalho nas têmporas e eu estivera tanto no corpo de voluntários quanto no ramo farmacêutico e também no telégrafo, parecia ter se esgotado todo o bem terreno que me cabia, e não me aconselhavam mais, apenas suspiravam ou meneavam a cabeça.

— O que está pensando da vida? — continuava o meu pai. — Na sua idade, os jovens já têm posição sólida na sociedade, mas você, olhe para você: é um proletário, um mendigo, vive às custas do pai!

E, como de hábito, começou a dizer que os jovens de hoje estão definhando, definham por causa da falta de fé, do materialismo, da presunção excessiva; que é preciso proibir os espetáculos, pois eles desviam os jovens da religião e das obrigações.

— Amanhã iremos juntos, você pedirá desculpas ao diretor e prometerá servir-lhe com responsabilidade — concluiu. — Você não deve ficar nem um único dia sem colocação.

— Peço-lhe que me escute — disse eu, carrancudo, sem esperar nada de bom daquela conversa. — Isso que o senhor chama de colocação consiste em privilégio do capital e da erudição. Quem não é rico nem erudito consegue seu pedaço de pão com o trabalho físico, e não vejo motivo para fazer de mim uma exceção.

— Quando você começa a falar de trabalho físico, a conversa fica estúpida e vulgar! — disse meu pai com irritação. — Compreenda, homem tapado, compreenda, cabeça sem cérebro, que você, além da grosseira força física, tem também uma alma divina, um fogo sagrado, que no mais elevado grau o distingue do asno ou do réptil e o aproxima da divindade! Esse fogo tem sido alcançado durante milhares de anos pelos melhores homens. O seu bisavô Póloznev, um general, lutou na batalha de Borodinó; o seu avô foi poeta, orador e representante da nobreza; o seu tio, pedagogo; e finalmente eu, seu pai, sou arquiteto! Todos os Póloznev conservaram o fogo sagrado para que viesse você apagá-lo!

— É preciso ser justo — disse eu. — Milhões de pessoas suportam o trabalho físico.

— Pois que suportem! Não são capazes de fazer nenhuma outra coisa! Do trabalho físico pode se ocupar qualquer um, inclusive um tolo ou criminoso, esse trabalho é traço característico de escravos e bárbaros, enquanto o fogo é atributo apenas de uns poucos!

Continuar essa conversa seria inútil. O meu pai tinha adoração por si, e para ele só o que ele mesmo dizia era convincente. Além disso, eu sabia muito bem que a arrogância que ele demonstrava ao falar do trabalho braçal tinha como fundamento nem tanto concepções sobre o fogo sagrado quanto certo medo de que eu ingressasse entre os operários e levasse toda a cidade a falar de mim; o mais importante era que todos os meus coetâneos há muito haviam terminado a universidade e seguiam por um bom caminho, e o filho do gerente de atendimento do banco estatal já era assessor colegiado, enquanto eu, único filho, não era ninguém! Continuar a conversa seria inútil e desagradável, mas eu permanecia sentado e expressava-me com bravura, na esperança de que finalmente me compreendessem. Pois toda a questão consistia simples e claramente apenas no meio pelo qual eu conseguiria o meu pedaço de pão; entretanto não enxergavam essa simplicidade e diziam-me frases melosas e rebuscadas sobre Borodinó, fogo sagrado, um tio poeta esquecido, que outrora escrevera versos ruins e falsos, e apelidavam-me com grosseria de cabeça sem cérebro e homem tapado. Como eu queria que me compreendessem! Apesar de tudo, amo o meu pai e a minha irmã, e desde a infância assentou-se em mim o hábito de consultar-me com eles, assentou-se com tanta força que acho difícil me livrar dele algum dia; não importa se estou certo ou sou culpado, constantemente tenho medo de magoá-los, medo de olhar e ver que o pescoço grosso de meu pai vai ficando vermelho, como se à beira de um ataque.

— Ficar sentado em um cômodo abafado — acentuei eu —, copiar, competir com a máquina de escrever é vergonhoso e ofensivo para um homem da minha idade. Como é que isso pode ter alguma coisa a ver com fogo sagrado!

— Apesar de tudo, é um trabalho intelectual — disse meu pai. — Mas basta, vamos colocar um ponto final nessa conversa; porém, em todo caso, eu o advirto: se você não entrar de novo no serviço e continuar seguindo essas inclinações abjetas, eu e a minha filha o privaremos do nosso amor. Eu o privarei da herança — juro pelo bom Deus!

Com plena sinceridade, para demonstrar a completa pureza dos impulsos que eu queria que guiassem toda a minha vida, disse:

— A questão da herança não me parece importante. De antemão, renuncio a tudo.

Por algum motivo, de todo inesperado para mim, essas palavras ofenderam profundamente o meu pai. Ele ficou roxo.

— Não se atreva a falar assim comigo, estúpido! — gritou ele, com voz fina e histérica. — Patife! — E, rápido e ágil, num movimento habitual, bateu na minha face uma, duas vezes. — Esqueceu os bons modos!

Na minha infância, quando o meu pai me batia, eu devia ficar de pé, ereto, com os braços ao lado do corpo, olhando diretamente para ele. E ainda agora, quando ele me batia, eu me perdia completamente, como se a minha infância ainda se prolongasse, retesava-me e esforçava-me por olhar bem nos olhos dele. O meu pai estava velho e muito magro, mas, pelo visto, os músculos finos eram fortes como correias, pois doía muito quando ele batia.

Afastei-me alguns passos na direção da antessala, e então ele pegou o guarda-chuva e bateu-me várias vezes na cabeça e nos ombros; nessa hora a minha irmã abriu a porta da sala para saber que barulho era esse, porém, no mesmo instante, com expressão de pavor e dó, deu as costas sem dizer nem uma palavra em minha defesa.

A minha intenção de não voltar à chancelaria e de começar uma vida nova de operário estava inabalável. Restava apenas escolher o tipo de atividade — e isso não parecia especialmente difícil, pois eu me julgava muito forte, resistente, capaz de fazer o mais pesado dos trabalhos. Tinha pela frente uma vida de operário, monótona, com períodos de fome, mau cheiro, acomodações desconfortáveis e constante preocupação com o pagamento e o pão de cada dia. E, quem sabe, voltando do trabalho pela rua Bolchaia Dvoriánskaia, mais de uma vez ainda invejaria o engenheiro Dóljikov, que vive do trabalho intelectual; agora, porém, pensar a respeito dessas minhas futuras adversidades deixava-me alegre. Certa época, sonhara com uma atividade intelectual, imaginando-me professor, médico, escritor, mas os sonhos assim permaneceram: sonhos. Em mim, a inclinação aos prazeres intelectuais, por exemplo ao teatro e à leitura, desenvolvera-se até a paixão, mas, se havia habilidade para o trabalho intelectual, isso já não sei. No ginásio, tinha aversão insuperável à língua grega, de modo que tiveram de me tirar do quarto ano. Por muito tempo vieram professores particulares me preparar para o quinto; depois servi em diversas repartições, passando grande parte do dia sem fazer absolutamente nada, e diziam-me que isso era trabalho intelectual; minha atividade no campo escolar e funcional não exigia esforço do intelecto, nem talento, nem habilidades pessoais, nem elevação artística do espírito: era algo automático; e esse trabalho intelectual eu coloco abaixo do físico, desprezo-o e acho que ele não pode servir, nem por um minuto, de justificativa para uma vida festiva e despreocupada, uma vez que ele não passa de fraude, de um dos tipos dessa mesma festividade. É bem provável que eu nunca tenha conhecido o verdadeiro trabalho intelectual.

Caiu a tarde. Morávamos na Bolchaia Dvoriánskaia — a principal rua da cidade — e nela, no final da tarde, como não havia um bom parque municipal, passeava o nosso *beau monde*.[1] Essa rua encantadora em parte substituía o parque, uma vez que dos dois lados cresciam choupos-brancos, de aroma muito agradável, principalmente depois de uma chuva, e detrás das cercas e paliçadas erguiam-se acácias, altos arbustos de lilás, cerejeiras-galegas, macieiras. Os crepúsculos de maio, a vegetação fresca e nova, com suas sombras, o cheiro do lilás, o zumbido dos besouros, o silêncio, o clima ameno — como tudo isso era novo e extraordinário, embora a primavera se repetisse a cada ano! Eu ficava junto à cancela e observava quem estava passeando. Cresci com a maioria deles e outrora fazíamos travessuras juntos, mas agora a minha proximidade podia desconcertá-los, porque eu me vestia pobremente, fora de moda, e sobre as minhas calças estreitas demais e das botas largas e deselegantes diziam ser macarrão dentro de um vaso. Além disso, na cidade eu gozava de má reputação por não ter um cargo e com frequência jogar bilhar em tavernas baratas, e ainda talvez por terem me levado duas vezes, sem nenhum motivo da minha parte, ao delegado de polícia.

Na casa grande em frente, de propriedade do general Dóljikov, tocavam piano. Começava a escurecer, e no céu cintilavam estrelas. Eis que, lentamente, respondendo a cumprimentos, vinha chegando meu pai, com a antiga cartola de abas largas viradas para cima, levando minha irmã pelo braço.

— Olhe! — dizia ele à minha irmã, apontando o céu com aquele mesmo guarda-chuva com que há pouco me batera. — Olhe o céu! As estrelas, inclusive as menores — todas um

[1] "Alta sociedade", em francês no original. (N. da T.)

mundo! Que insignificante é o homem em comparação com o universo!

E ele falava isso em um tom, como se lhe fosse extraordinariamente lisonjeiro e agradável ser insignificante. Que homem medíocre! Infelizmente, entre nós ele era o único arquiteto e, nos últimos quinze a vinte anos, pelo que me lembrava, não se construíra um único prédio decente na cidade. Quando lhe encomendavam uma planta, normalmente ele desenhava primeiro a sala e o salão de festas; do mesmo modo como outrora as normalistas conseguiam dançar apenas se começassem do canto da sala, a sua ideia artística podia nascer e se desenvolver apenas a partir da sala e do salão. Junto deles ia desenhando a sala de jantar, o quarto das crianças, o gabinete, ligava os cômodos com portas, e então irremediavelmente todos os cômodos acabavam por servir de passagem, e em cada um sobravam duas ou até três portas. É provável que tivesse ideias obscuras, extremamente intrincadas e inacabadas; toda vez, como se sentisse a falta de alguma coisa, recorria a um tipo diferente de construção, assentando uma junto à outra, e eu ainda posso ver as entradinhas estreitas, os corredorzinhos estreitos, as escadinhas tortuosas, levando a mezaninos, em que só se podia ficar agachado e onde, em lugar de piso, havia três degraus enormes, como em saunas; já as cozinhas, com abóbadas e pisos de tijolos, ficavam obrigatoriamente na parte de baixo da casa. A fachada tinha uma expressão teimosa, rígida, linhas secas, vacilantes, o telhado baixo, achatado, e nas chaminés grossas e rechonchudas havia obrigatoriamente coberturas de metal com cata-ventos pretos e estridentes. E não sei por que todas as casas construídas por meu pai, todas parecidas umas às outras, lembravam-me vagamente a sua cartola, a sua nuca rígida e severa. Com o passar do tempo, na cidade acostumaram-se com a falta de talento de meu pai; ela criou raízes e tornou-se o nosso estilo.

Esse estilo meu pai introduziu também na vida da minha irmã. A começar pelo fato de tê-la chamado Kleopatra (assim como me chamou Missail). Quando ela ainda era menina, ele a assustava com referências a antigos sábios, estrelas, nossos antepassados, explicava-lhe longamente o que é a vida, o que é o dever; também agora, quando ela já tinha vinte e seis anos, continuava a fazer o mesmo, permitindo-lhe sair de braço dado apenas com ele e, não se sabe por quê, pressupunha que cedo ou tarde surgiria um jovem decente, com intenção de casar-se com ela por respeito às qualidades pessoais dele. E ela adorava o pai, temia e confiava em sua extraordinária inteligência.

Escureceu por completo, a rua se esvaziou pouco a pouco. Na casa em frente, a música cessou; abriram-se os portões de par em par e pela nossa rua saiu trotando uma troica, muito travessa, tocando de leve os guizos. Era o engenheiro e a filha, que saíam para passear. Hora de dormir!

Em casa eu tinha o meu quarto, mas morava no pátio, em um barracão, cujo teto era o mesmo do depósito de tijolos e fora construído há tempos, provavelmente para guardar arreios — nas paredes tinham cravado ganchos grandes; agora ele era desnecessário, e o meu pai, já há trinta anos, armazenava ali jornais que, não se sabe por quê, ele encadernava a cada seis meses e não permitia que ninguém tocasse. Morando ali mais raramente eu caía sob os olhos de meu pai e de seus convidados, e parecia-me que, se eu não morava em um quarto de verdade e nem todo dia ia em casa almoçar, então as palavras de meu pai, de que eu vivia às custas dele, passavam a soar não tão ofensivas.

Minha irmã me esperava. Às escondidas do pai, trouxera-me o jantar: um pequeno pedacinho de carne de vitela fria e uma fatiazinha de pão. Em nossa casa, repetiam com frequência: "dinheiro gosta de ser contado", "de copeque em copeque guarda-se um rublo" e coisas semelhantes; e a minha irmã, esmagada por essas mesquinharias, esforçava-se apenas para reduzir as despesas, e por isso nós nos alimentávamos mal. Ela colocou o prato sobre a mesa, sentou-se em minha cama e começou a chorar.

— Missail — disse ela —, o que você está fazendo conosco?

Não cobria o rosto, as lágrimas pingavam-lhe no peito e nas mãos, e a sua expressão era de desalento. Ela caiu sobre o travesseiro e deu vazão às lágrimas, estremecendo o corpo inteiro e soluçando.

— Você de novo largou o serviço... — disse ela. — Oh, como isso é horrível!

— Mas entenda, minha irmã, entenda... — dizia eu, mas, como ela estava chorando, tomava-me de desespero.

Como que de propósito, na minha lamparina já se queimara todo o querosene e ela começava a soltar fuligem, prestes a se apagar; os velhos ganchos na parede mostravam-se severos e as suas sombras cintilavam.

— Tenha piedade de nós! — disse minha irmã, levantando-se. — Papai está muito desgostoso, eu estou doente, vou enlouquecer. O que acontecerá com você? — perguntava-me ela, chorando convulsivamente e estendendo-me as mãos. — Peço-lhe, suplico-lhe, peço em nome da nossa falecida mãe: volte para o serviço.

— Eu não consigo, Kleopatra! — disse eu, sentindo que mais um pouco e já cederia. — Eu não consigo!

— Por quê? — continuava a minha irmã. — Por quê? Se não combina com o chefe, então procure um outro lugar. Por exemplo, por que você não arranja um serviço na ferrovia? Eu conversei agora com Aniuta Blagovó, ela garante que o aceitarão na ferrovia e até prometeu interceder por você. Pelo amor de Deus, Missail, pense bem! Pense bem, eu suplico!

Conversamos ainda mais um pouco, e eu cedi. Disse que a ideia de servir na ferrovia em construção jamais tinha passado pela minha cabeça e que estava realmente disposto a experimentar.

Ela sorriu alegremente, entre lágrimas, apertou a minha mão, mas ainda ficou chorando por muito tempo, não conseguia parar, e eu fui à cozinha buscar querosene.

II

Entre os apreciadores de espetáculos, concertos e quadros vivos diletantes, com fim beneficente, o primeiro lugar na cidade cabia aos Ajóguin, que moravam em uma casa própria, na Bolchaia Dvoriánskaia; sempre ofereciam o espaço e tomavam a si todos os arranjos e despesas. Essa rica família de proprietários de terras tinha no condado perto de três mil *dessiátinas*,[2] com uma edificação suntuosa, mas não gostava do campo e passava o inverno e o verão na cidade. Era composta da mãe, uma dama alta, magra e delicada, de cabelos curtos, casaquinho curto e saia reta à moda inglesa, e três filhas, às quais os outros se referiam não pelo nome, mas simplesmente: a mais velha, a do meio e a mais nova. Todas tinham queixos feios e pontudos, eram míopes, corcundas, vestiam-se como a mãe, ceceavam de modo desagradável, mas, apesar disso, participavam sem falta de todas as apresentações e constantemente faziam algo com fim beneficente — tocavam, liam, cantavam. Eram muito sérias e nunca sorriam; até em vaudeviles musicais atuavam sem a mínima alegria, com um jeito sério, como se trabalhassem em um escritório de contabilidade.

Eu gostava de nossos espetáculos, principalmente dos ensaios frequentes, um tanto sem sentido e barulhentos, após

[2] Medida agrária russa, equivalente a 1,09 hectares. (N. da T.)

os quais sempre nos convidavam para jantar. Da escolha das peças e da distribuição dos papéis eu não participava. Ficava por minha conta a parte dos bastidores. Montava os cenários, copiava os textos, servia de ponto, fazia a maquiagem e incumbiam-me também da produção de efeitos diversos, como trovão, canto de rouxinol etc. Como eu não tinha uma boa colocação social nem trajes adequados, nos ensaios eu ficava à parte, nas sombras dos bastidores, e calava-me, acanhado.

Eu preparava os cenários no depósito ou no pátio da casa dos Ajóguin. Ajudava-me um pintor de paredes ou, como ele próprio se denominava, empreiteiro de serviços de pintura, Andréi Ivanov, homem de uns cinquenta anos, alto, muito magro e pálido, de peito chupado, de têmporas encovadas e olheiras, com uma aparência até assustadora. Tinha uma doença debilitante, e a cada outono e primavera diziam que ele estava de partida, mas, depois de um tempo de cama, levantava-se e dizia surpreso: "De novo não morri!".

Na cidade, chamavam-no Riedka[3] e diziam ser esse o seu verdadeiro sobrenome. Ele gostava de teatro tanto quanto eu e, mal lhe chegavam boatos de que começavam a preparar um espetáculo, logo largava todos os negócios, todos os serviços e ia para a casa dos Ajóguin fazer o cenário.

Um dia depois da conversa com a minha irmã, de manhã até a noite, trabalhei na casa dos Ajóguin. O ensaio tinha sido marcado para as sete horas da noite, e uma hora antes do início já estavam reunidos na sala todos os entusiastas; a mais velha, a do meio e a mais nova andavam pelo palco, lendo seus cadernos. Riedka, de casaco longo amarronzado e echarpe enrolada no pescoço, já estava ali perto, de têmpora encostada à parede, olhando o palco com expressão sublime. A Ajóguina-mãe aproximava-se ora de um ora de outro convidado e dizia a todos algo agradável. Ela tinha um

[3] "Rabanete", em russo. (N. da T.)

modo de olhar fixamente a outra pessoa e falar baixinho, como em segredo.

— Deve ser difícil fazer cenários — disse ela baixinho, aproximando-se de mim. — Pois eu estava justamente conversando com madame Mufke sobre preconceitos e superstições, e vi quando o senhor entrou. Deus meu, a vida inteira, inteira, lutei contra superstições! Para convencer a criadagem de que todos esses temores são bobagens, sempre acendo três velas e começo todos os meus negócios importantes no dia treze.

Chegou a filha do engenheiro Dóljikov; loira, bonita e cheia, vestida, como diziam entre nós, toda à parisiense. Ela não atuava, mas nos ensaios colocavam uma cadeira no palco para ela e não começavam os espetáculos enquanto ela não aparecia na primeira fileira, brilhando e maravilhando a todos com os seus trajes. Era permitido a ela, como joiazinha urbana, fazer observações na hora do ensaio, e ela as fazia com um sorriso amável e condescendente, e via-se que assistia nossas representações como divertimentos de criança. A respeito dela diziam que estudara canto no conservatório de São Petersburgo e teria cantado um inverno inteiro numa ópera particular. Ela me atraía muito, e normalmente, nos ensaios e durante o espetáculo, eu não tirava os olhos dela.

Eu já pegara o caderninho para o trabalho de ponto, quando inesperadamente apareceu a minha irmã. Sem tirar o mantô nem o chapéu, aproximou-se de mim e disse:

— Eu lhe peço, venha.

Eu fui. Atrás do palco, junto à porta, estava Aniuta Blagovó, também de chapeuzinho, com um veuzinho escuro. Era a filha do vice-presidente do tribunal, que servia em nossa cidade há muito tempo, praticamente desde a própria fundação do tribunal regional. Uma vez que tinha elevada estatura e boa figura, a sua participação nos quadros vivos era considerada obrigatória, e quando ela se apresentava como fada ou como a Glória, o seu rosto ardia de vergonha; mas das peças ela não participava, e aparecia nos ensaios apenas por um minuto, para fazer algo específico, e não entrava na sala. Também agora via-se que estava ali apenas por um minuto.

— O meu pai falou do senhor — disse ela secamente, sem olhar para mim e enrubescendo. — Dóljikov prometeu-lhe um lugar na estrada de ferro. Procure-o amanhã, ele estará em casa.

Fiz uma reverência e agradeci o favor.

— E isso o senhor pode deixar — disse ela, apontando o caderninho.

Ela e a minha irmã aproximaram-se da Ajóguina e por uns dois minutos cochicharam algo, olhando para mim. Consultavam-se sobre alguma coisa.

— É verdade — disse a Ajóguina baixinho, aproximando-se de mim e olhando-me fixamente —, é verdade, se isso o distrai de ocupações sérias — ela puxou das minhas mãos o caderno —, então o senhor pode passá-lo a algum outro. Não se preocupe, meu amigo, vá com Deus.

Eu me despedi dela e saí envergonhado. Descendo as escadas, vi minha irmã e Aniuta Blagovó saindo; conversavam animadamente sobre alguma coisa, provavelmente sobre o meu ingresso na ferrovia e apressavam-se. A minha irmã nunca estivera nos ensaios antes, e agora era bem provável que lhe pesasse a consciência com medo de que papai soubesse que tinha ido sem permissão à casa da Ajóguina.

Fui procurar Dóljikov no dia seguinte, depois do meio-dia. O criado conduziu-me a um cômodo muito bonito, sala de visitas e ao mesmo tempo gabinete de trabalho do engenheiro. Ali tudo era macio, elegante e, para um homem tão desacostumado como eu, até estranho. Tapetes caros, poltronas enormes, bronzes, quadros, molduras douradas e aveludadas. Nas fotografias, espalhadas pelas paredes, mulheres muito bonitas, rostos inteligentes e maravilhosos, poses desenvoltas; da sala de visitas a porta levava diretamente ao jardim, ao terraço, viam-se lilases, uma mesa de café da manhã, muitas garrafas, um buquê de rosas, cheirava a primavera e a charuto caro, cheirava a felicidade — era como se tudo quisesse dizer algo do tipo: esse homem viveu muito, trabalhou longamente e alcançou, finalmente, a felicidade que é possível na terra. À escrivaninha, estava sentada a filha do engenheiro, lendo um jornal.

— Veio procurar o meu pai? — perguntou ela. — Ele está tomando banho e já vem. Peço-lhe que se sente, por enquanto.

Eu me sentei.

— O senhor mora aqui em frente, não é? — perguntou ela de novo, depois de certo silêncio.

— Sim.

— De tédio, todo dia fico olhando pela janela, o senhor me desculpe — continuou ela, fitando o jornal —, e com frequência vejo o senhor e a sua irmã. Ela tem sempre uma expressão tão bondosa, concentrada.

Entrou Dóljikov. Ele enxugava o pescoço com uma toalha.

— Papai, *monsieur* Póloznev — disse a filha.

— Sim, sim, Blagovó já me falou — animadamente se dirigiu a mim, sem estender a mão. — Mas, ouça, o que eu posso dar ao senhor? Quais são as vagas que tenho? Que gente estranha os senhores! — continuou ele em voz alta e num tom como se me desse um sermão. — Uns vinte de vocês vêm me procurar por dia, acham que tenho um departamento! Eu tenho uma linha férrea, senhores, o trabalho aqui é pesado, preciso de mecânicos, serralheiros, cavouqueiros, carpinteiros, poceiros, enquanto todos vocês só sabem sentar e escrever, mais nada! São todos escritores!

E dele chegava até mim aquele mesmo cheiro de felicidade que vinha do seus tapetes e poltronas. Um homem robusto, saudável, de faces rosadas e peito largo, recém-saído do banho, com uma camisa de chita e *charovary*,[4] exatamente como um cocheiro de porcelana, de brinquedo. Tinha uma barbicha redonda e encaracolada, sem nem um cabelinho branco, nariz adunco e olhos escuros, luminosos, inocentes.

— O que os senhores sabem fazer? — continuou ele — Não sabem fazer nada! Eu sou engenheiro, meu senhor, sou um homem abastado, mas, antes de me darem a estrada, por muito tempo esfreguei tirantes, fui maquinista, dois anos trabalhei na Bélgica como graxeiro. Julgue o senhor mesmo, queridíssimo, que trabalho posso lhe oferecer?

— É claro, realmente... — sussurrei eu, profundamente envergonhado, sem conseguir suportar os seus olhos luminosos e inocentes.

— Pelo menos o senhor sabe trabalhar com o aparelho? — perguntou ele, depois de pensar um pouco.

— Sim, eu servi no telégrafo.

— Hum... Então, vejamos. Por enquanto, dirija-se a Dubiétchnia. Já tenho um por lá, mas só faz imundices.

— E em que se resumirão as minhas obrigações? — perguntei eu.

— Lá veremos. Por enquanto vá, eu cuidarei das ordens. Apenas, por favor, nada de bebedeiras enquanto trabalha comigo e nada de me incomodar com pedidos. Eu mando embora.

Ele se afastou de mim e nem balançou a cabeça. Eu fiz uma reverência a ele e à filha, que lia jornal, e saí. Por dentro eu sentia um peso tão grande, que, quando a minha irmã começou a perguntar como o engenheiro me recebera, não consegui soltar nem uma palavra.

Para ir a Dubiétchnia, levantei bem cedo, ao raiar do sol.

[4] Calças largas típicas da indumentária do sudoeste da Rússia, geralmente enfiadas no cano das botas. (N. da T.)

Na nossa Bolchaia Dvoriánskaia, não havia nem uma alma viva, todos ainda dormiam, e os meus passos soavam solitários e surdos. Os álamos, cobertos de sereno, enchiam o ar de um aroma delicado. Eu estava triste e não queria sair da cidade. Amava a minha cidade natal. Ela me parecia tão bonita e aconchegante! Amava a vegetação, as manhãs calmas e ensolaradas, o som de nossos sinos; mas as pessoas, com as quais eu vivia nessa cidade eram-me tediosas, estranhas e, às vezes, até asquerosas. Eu não as amava nem compreendia.

Eu não entendia para que nem de que viviam aquelas sessenta e cinco mil pessoas. Sabia que em Kimry sobreviviam de calçados, que Tula fazia samovares e espingardas, que Odessa era uma cidade portuária, mas o que era a nossa cidade e o que ela fazia eu não sabia dizer. A Bolchaia Dvoriánskaia e ainda mais outras duas ruas de melhor situação viviam do capital acumulado e do salário recebido por funcionários públicos do erário. Mas de que viviam as restantes oito ruas, que se estendiam paralelas por umas três verstas e desapareciam atrás da colina? — isso para mim sempre foi um enigma indecifrável. E dá vergonha dizer como viviam essas pessoas! Nem um parque, nem um teatro, nem uma orquestra razoável; as bibliotecas da cidade e do clube eram frequentadas apenas por adolescentes judeus, de modo que revistas e livros novos permaneciam vários meses com as páginas ainda grudadas; os ricos e letrados dormiam em quartos abafados e estreitos, em camas de madeira junto com percevejos; as crianças eram mantidas em estabelecimentos imundos e asquerosos, chamados de quartos infantis, enquanto os criados, inclusive os velhos e respeitáveis, dormiam no chão da cozinha e cobriam-se com trapos. Nos dias comuns, nas casas cheirava a *borsch*,[5] enquanto nos dias de jejum, a es-

[5] Sopa típica russa, feita com beterraba, acompanhada de carne ou legume e servida geralmente com creme de leite. (N. da T.)

turjão frito em óleo de girassol. Comiam sem gosto, bebiam água insalubre. Na câmara, na residência do governador, na residência do arcebispo, em todas as casas, há muito anos discutiam que não tínhamos na cidade água boa e barata e que era necessário tomar emprestado do tesouro 200 mil para o saneamento; as pessoas muito ricas, que em nossa cidade podiam ser contadas em umas três dezenas e que, às vezes, perdiam nas cartas propriedades inteiras, também tomavam água ruim, enquanto passavam a vida inteira falando desse empréstimo com exaltação — eu não compreendia isso; parecia-me mais simples pegar e tirar do próprio bolso esses duzentos mil.

Na cidade inteira eu não conhecia nenhuma pessoa honesta. O meu pai recebia propina e imaginava que lhe davam isso em respeito às suas qualidades morais; os ginasianos, para passar de uma classe a outra, moravam de aluguel na casa de seus professores, e estes pegavam deles grandes somas de dinheiro; a esposa do chefe militar, na época do recrutamento, recebia propina dos recrutas e até se permitia gastar com vodca e, certa vez, na igreja, ajoelhou-se e não conseguia se reerguer de tão bêbada; na época do recrutamento, os médicos também recebiam, e o médico municipal e o veterinário aceitavam propinas dos açougues e tavernas; no estabelecimento de ensino da província comercializavam documentos que permitiam privilégios de terceiro escalão; os deões recebiam do baixo clero e dos estarostes da igreja; na administração municipal, nas associações mercantis, nos postos de saúde e em todas as outras repartições, a cada solicitante gritavam na saída: "É preciso agradecer!", e o solicitante voltava para dar trinta, quarenta copeques. Aqueles que não aceitavam propina, como, por exemplo, os funcionários do judiciário, sentiam-se superiores, estendiam dois dedos na hora de apertar a mão, distinguiam-se pela frieza e estreiteza de seus julgamentos, jogavam cartas demais, bebiam demais, casavam-se com ricas e, sem dúvida, exerciam sobre o meio ambiente uma influência danosa e depravadora. Somente de algumas moças soprava uma pureza moral; a maioria delas tinha elevados ideais, almas honestas e puras; mas não compreendiam a vida e acreditavam que se dava propina por respeito às qualidades morais; e, quando se casavam, logo envelheciam, rebaixavam-se e afundavam sem esperança no lodo de uma existência vil e pequeno-burguesa.

III

Em nossa localidade estavam construindo uma ferrovia. Às vésperas de festividades andavam pela cidade multidões de esfarrapados, a quem chamavam "ferros fundidos" e a quem muito temiam. Não raro tive oportunidade de ver como conduziam à delegacia um desses maltrapilhos, de cara ensanguentada e sem chapéu, enquanto atrás, na qualidade de prova material, levavam um samovar ou então uma roupa recém-lavada e ainda úmida. Os "ferros fundidos" normalmente se reuniam perto de tavernas e lojas; bebiam, comiam e soltavam palavrões, e cada mulher de vida fácil que passava diante deles era acompanhada por um assovio agudo. Os nossos lojistas, para distrair esses trapos famintos, davam vodca a cães e gatos ou amarravam no rabo do cão uma lata de querosene vazia, soltavam um assovio e o cão saía correndo pela rua, tinindo a lata, uivando de pavor; ele tinha a impressão de que vinha em seu encalço algum monstro, então corria para longe da cidade, para o campo, e lá perdia as forças; e em nossa cidade havia alguns cães constantemente trêmulos, com o rabo entre as pernas, dos quais se dizia que tinham ficado loucos por não suportarem essa brincadeira.

A estação estava sendo construída a cinco verstas da cidade. Diziam que os engenheiros, para que a linha férrea chegasse até a cidade, tinham pedido cinquenta mil de propina, enquanto a administração municipal concordava em dar apenas quarenta; discordaram por dez mil, e agora os cidadãos arrependiam-se, uma vez que teriam de abrir uma estrada até a estação, o que, pelas estimativas, sairia mais caro. Na linha inteira, já tinham colocado os trilhos e os dormentes, e por ela rodavam trens de manutenção, levando materiais de construção e trabalhadores; havia atraso apenas em função das pontes deixadas a cargo de Dóljikov, e em um ponto ou outro ainda não estavam prontas as estações.

Dubiétchnia — assim se chamava a nossa primeira estação — encontrava-se a dezessete verstas da cidade. Eu ia a pé. Brilhava forte o verde dos cereais de inverno e de primavera envolvidos pelo sol da manhã. O lugar era plano, vivo e, ao longe, desenhavam-se claramente a estação, cômoros, propriedades distantes... Como era bom aqui fora! E como eu queria mergulhar na consciência da liberdade, ainda que só por essa manhã, para não ter de pensar naquilo que faziam na cidade, não pensar nas próprias necessidades, não sentir fome! Nada me atrapalhava tanto a viver quanto a aguda sensação de fome, quando os meus melhores pensamentos mesclavam-se estranhamente com pensamentos sobre mingau de trigo sarraceno, bolinhos de carne, peixe frito. Eis que estou sozinho no campo e vejo no alto uma cotovia, que se sustenta no ar, num mesmo ponto, e começa a gorjear, como se em histeria, e então penso comigo: "Como seria bom comer agora um pão com manteiga!". Ou então estou sentado à beira do caminho, fecho os olhos para descansar, para sentir os maravilhosos sons de maio e lembro-me do cheiro de batata cozida. Com a minha alta estatura e forte compleição física, em geral acontecia de eu comer pouco e, por isso, a sensação mais importante em mim no decorrer do dia era de fome, e talvez por isso eu compreendesse muito bem por que tantas pessoas trabalham apenas por um pedaço de pão e só conseguiam falar de boia.

Em Dubiétchnia, estavam rebocando o interior da estação e construindo o andar de cima de madeira, perto da caixa-d'água. Fazia calor, cheirava a cal e os operários vagavam molemente por montes de lascas de madeira e lixo; perto da guarita dormia o guarda-chaves e o sol queimava-lhe diretamente o rosto. Nem uma árvore. O fio do telégrafo tinia fracamente, e nele, aqui e ali, descansavam falcões. Também vagando entre os montículos, sem saber o que fazer, eu lembrava como o engenheiro respondera à minha pergunta, em que se resumiriam as minhas obrigações: "Lá veremos". Mas o que se podia ver nesse deserto? Os rebocadores falavam de capataz e de um tal Fedot Vassíliev, eu não entendia nada, e aos pouquinhos invadia-me uma tristeza — uma tristeza física, em que sentimos os próprios braços e pernas e todo o nosso corpo enorme e não sabemos o que fazer com eles, aonde nos meter.

Depois de vagar por cerca de duas horas, notei que havia uma sequência de postes telegráficos a partir da estação, à direita da linha, e daí a uma versta e meia ou duas eles terminavam junto a um muro de pedras brancas; os trabalhadores disseram que lá ficava o escritório, e finalmente percebi que era para lá que tinha de ir.

A propriedade era muito antiga, há muito estava abandonada. A cerca, de pedra branca esponjosa, tinha sido varrida pelo vento e desmoronava em alguns pontos; na dependência anexa, cujo muro inteiriço dava para o campo, o telhado estava enferrujado e nele, aqui e ali, brilhavam remendos de folhas de flandres. Através do portão via-se um pátio amplo, tomado pelo mato, e uma antiga casa senhorial, com gelosias nas janelas e telhado alto, acastanhado pela ferrugem. Dos dois lados da casa, à direita e à esquerda, ficavam duas dependências iguais; em uma, as janelas tinham sido fechadas com tábuas; perto da outra, de janelas abertas, havia roupas no varal e bezerros vagando. O último poste telegráfico ficava no pátio, e o fio dele passava pela janela daquela dependência cujo muro dava para o campo. A porta estava aberta, eu entrei. À mesa, junto ao telégrafo, estava sentado um senhor de cabelos escuros e encaracolados, com paletó de brim; ele me olhou severamente, de esguelha, mas no mesmo instante sorriu e disse:

— Bom dia, Alguma Utilidade!

Era Ivan Tcheprakóv, meu colega de ginásio, expulso do segundo ano por ter fumado tabaco. Outrora, na época do outono, juntos pegávamos pintassilgos, tentilhões e bicos-grossudos e vendíamos na feira logo cedo, quando os nossos pais ainda dormiam. Tocaiávamos bandos de estorninhos em voo migratório e atirávamos neles com chumbinho, depois recolhíamos do chão os feridos, e alguns morriam em nossas mãos com terríveis sofrimentos (até hoje ainda lembro como gemiam à noite na gaiola); vendíamos os que se recuperavam e então jurávamos descaradamente que todos eram machos. Certa vez, na feira, restava-me apenas um estorninho, que eu oferecia com insistência a compradores; finalmente me livrei dele por um copeque. "De qualquer modo, tem alguma utilidade!" — disse eu, para me consolar, guardando a moeda; desde essa época, os meninos da rua e os ginasianos passaram a me chamar de Alguma Utilidade; e ainda depois garotos e vendedores algumas vezes ainda me xingavam assim, embora além de mim, já ninguém mais lembrasse de onde viera esse apelido.

Tcheprakóv não era de compleição forte; tinha o ombro estreito e pernas compridas, era encurvado. Gravata retorcida, sem nenhum colete, botas piores do que as minhas, de saltos tortos. Raramente piscava os olhos, tinha uma expressão determinada, como se pronto a agarrar algo, e agitava-se o tempo inteiro.

— Sim, espere — disse ele, agitado. — Ouve só!... O que é que acabei de falar?

Iniciamos uma conversa. Eu soube que a propriedade, em que agora me encontrava, ainda há pouco pertencera à família Tcheprakóv e apenas no outono passado tinha sido transferida ao engenheiro Dóljikov, que considerava mais útil aplicar dinheiro em terras do que em papéis e já comprara em nossa região três boas propriedades com transferência de dívida; a mãe de Tcheprakóv, na hora da venda, impôs a condição de morar em um dos anexos laterais ainda por dois anos e insistiu até conseguir um lugar para o filho no escritório.

— E por que não compraria? — disse Tcheprakóv a respeito do engenheiro. — Só dos empreiteiros já tira tanto! E tira de todos!

Depois ele me levou para almoçar e decidiu, aos atropelos, que eu ia morar com ele, no anexo, e comer na casa de sua mãe.

— Comigo é unha-de-fome — disse ele —, mas não vai cobrar muito de você.

Nos cômodos pequenos onde a mãe dele morava, era tudo muito apertado; todos os cômodos, inclusive a entrada e a antessala, estavam atravancados com móveis, que, após a venda da propriedade, tinham sido tirados da casa grande, todos antigos, de mogno. A senhora Tcheprakóva, uma dama muito gorda e idosa, de olhos puxados à chinesa, estava sentada junto à janela, em uma poltrona grande, e tricotava uma meia. Recebeu-me com cerimônia.

— Este é Póloznev, mãezinha — apresentou-me Tcheprakóv. — Ele vai trabalhar aqui...

— O senhor é nobre? — perguntou ela com uma voz estranha e desagradável; pareceu-me que em sua garganta borbulhava gordura.

— Sim — respondi eu.

— Sente-se.

O almoço estava ruim. Serviram apenas um pastelão com ricota azeda e sopa de leite.[6] Elena Nikíforovna, a dona

[6] Arroz cozido no leite, com manteiga e passas. (N. da T.)

da casa, todo o tempo piscava ora um olho, ora o outro, de um modo bem estranho. Ela conversava e comia, mas, em toda a sua figura, havia algo de morto e parecia até que sentíamos um cheiro de cadáver. Extinguia-se nela a vida e extinguia-se também a consciência de que era uma nobre proprietária, que possuíra certa época os seus próprios servos, que era uma generala, à qual a criadagem devia chamar de excelência; e quando esses pesarosos restinhos de vida incendiavam-se por um instante, então dizia ao filho:

— Jan, você não está segurando direito a faca!

Ou então me dizia, com a respiração pesada e afetação de anfitriã, que deseja entreter o convidado:

— Nós, o senhor sabe, vendemos a propriedade. É uma pena, é claro, estamos acostumados aqui, mas Dóljikov prometeu fazer de Jan o chefe da estação de Dubiétchnia, de modo que não sairemos daqui, viveremos aqui mesmo na estação, e será a mesma coisa que na propriedade. O engenheiro é tão bondoso! O senhor não acha que ele é muito bonito?

Ainda há pouco a família Tcheprakóv vivia ricamente, mas após a morte do general tudo mudara. Elena Nikíforovna começara a discutir com os vizinhos, a levá-los ao tribunal, não pagava direito a contratados nem a empregados; o tempo todo tinha medo de que a roubassem — e em uns dez anos Dubiétchnia tornara-se irreconhecível.

Atrás da casa grande havia um jardim antigo e abandonado, coberto de mato e ervas daninhas. Eu atravessei o terraço, ainda sólido e bonito; através da porta de vidro via-se um cômodo com piso de parquete, devia ser a sala de visitas; lá havia um antigo pianoforte, nas paredes gravuras em molduras amplas de mogno — e mais nada. Dos antigos canteiros de flores estavam intactas apenas peônias e papoulas, que erguiam no meio do mato as suas cabeças brancas e vermelho vivo; pelas trilhas, retesados, incomodando-se uns aos outros, cresciam plátanos e ulmeiros, já mascados por vacas.

Era uma vegetação densa, e o jardim parecia intransponível, mas isso só bem perto da casa, onde ainda restavam choupos-brancos, pinheiros e velhos lariços coetâneos, sobreviventes das antigas alamedas; além deles tinham ceifado a forragem, e ali já não era abafado, teias de aranha não se metiam em nossa boca nem em nossos olhos e soprava um ventinho; quanto mais adiante, mais amplo, e nessa amplidão já cresciam cerejeiras, ameixeiras, macieiras frondosas, deformadas por esteios e pela gangrena, e pereiras tão altas que nem se podia acreditar que fossem pereiras. Essa parte do jardim tinha sido arrendada por nossas feirantes da cidade, e um mujique meio doido, que vivia em uma cabana, vigiava-a contra ladrões e estorninhos.

O jardim, rareando cada vez mais, transformava-se em várzea, descia até o rio, coberto de juncos verdes e salgueiros; perto da represa do moinho havia um braço de rio profundo e piscoso, o pequeno moinho com telhado de palha assobiava ofendido, rãs coaxavam frenéticas. Na água, lisa como um espelho, de tempos em tempos formavam-se círculos e os lírios do rio estremeciam, agitados por um peixe animado. Naquele lado do riacho, encontrava-se a aldeiazinha de Dubiétchnia. O braço de rio calmo e azul encantava, prometendo frescor e tranquilidade. E agora tudo isso — o braço de rio, o moinho e as margens acolhedoras — pertenciam ao engenheiro!

E eis que começava o meu novo serviço. Eu recebia e passava adiante telegramas, escrevia relatórios diversos e passava a limpo notas com reivindicações, pretensões e relatórios que capatazes e mestres incultos enviavam ao escritório. Na maior parte do dia, porém, eu não fazia nada, só andava pelo cômodo, esperando telegramas, ou então deixava um menino sentado lá e ia ao jardim passear enquanto o menino não vinha me avisar que o aparelho estava tocando. Eu almoçava na casa da senhora Tcheprakóva. Carne serviam muito raramente, todos as refeições tinham leite, e na quarta e na sexta, dias de jejum, colocavam na mesa pratos cor-de-rosa, que se chamavam jejunos. Tcheprakóva piscava constantemente — tinha esse hábito — e na sua presença sempre me sentia desconfortável.

Uma vez que o trabalho no anexo mal dava para uma pessoa só, Tcheprakóv não fazia nada, apenas dormia ou ia ao braço de rio com a espingarda atirar em patos. À noite embebedava-se na aldeia ou na estação e, antes de dormir, olhava-se no espelhinho e gritava:

— Salve, Ivan Tcheprakóv.

Bêbado, ele ficava muito pálido, esfregava as mãos o tempo todo e ria como se rinchasse: hi-hi-hi! De farra tirava toda a roupa e corria pelo campo pelado. Comia moscas e dizia que eram azedinhas.

IV

Certa vez, depois do almoço, ele veio correndo ao anexo e disse, ofegante:

— Pode ir, a sua irmã está aí.

Eu fui. Na verdade, junto ao terraço da casa grande havia uma sege de aluguel. Viera a minha irmã e junto com ela Aniuta Blagovó, e ainda um senhor em uniforme militar. Chegando mais perto, reconheci o militar: era o irmão de Aniuta, um médico.

— Viemos fazer um piquenique aqui — disse ele. — Tudo bem?

A minha irmã e Aniuta queriam perguntar como estava a minha vida, mas ambas ficaram caladas, apenas me olhavam. Eu também fiquei calado. Elas entenderam que eu não estava gostando, minha irmã encheu os olhos de lágrimas, enquanto Aniuta Blagovó enrubescia.

Fomos para o jardim. O médico seguia à frente de todos e dizia extasiado:

— Isso é que é ar! Minha nossa, mas que ar!

Pela aparência, ainda era um completo estudante. Falava e andava como estudante, e tinha nos olhos acinzentados um olhar tão vivo, simples e aberto quanto o de um bom estudante. Ao lado de sua irmã, alta e bonita, ele parecia fraco, ralo; até a barbicha era rala, e a voz também — um tenorzinho ralinho, aliás bastante agradável. Servia em um regimento e agora viera de férias visitar os parentes, e dizia que no outono teria de ir a Petersburgo fazer as provas para doutor em medicina. Ele já tinha família — esposa e três filhos; casara-se cedo, quando ainda estava no segundo ano, e agora na cidade diziam dele que era infeliz na vida familiar e já não vivia com a esposa.

— Que horas são? — inquietava-se a minha irmã. — Temos de voltar cedo, papai me deixou ficar com o meu irmão só até as seis.

— Ah, esse seu pai! — suspirou o médico.

Eu acendi o samovar. Sobre um tapete, à frente do terraço da casa grande, tomamos chá, e o médico, de joelhos, tomava do pires e dizia que experimentava verdadeiro êxtase. Depois Tcheprakóv foi buscar a chave, destrancou a porta de vidro e todos nós entramos na casa. Estava sombrio, misterioso, cheirava a bolor, e os nossos passos soavam surdos, como se houvesse um porão sob o piso. O médico, de pé, tocou as teclas do pianoforte, que respondeu fracamente, com um acorde trêmulo, nasalado, mas ainda harmonioso; ele ensaiou a voz e começou a cantar uma romança, franzindo o rosto e batendo o pé impaciente, quando alguma tecla emudecia. A minha irmã já não pensava em ir para casa, andava pelo cômodo, agitada, e dizia:

— Estou alegre! Estou muito, muito alegre!

Em sua voz notava-se surpresa, como se lhe parecesse incrível que também a sua alma pudesse se sentir bem. Era a primeira vez na vida em que a via tão alegre. Ficara até mais bonita. De perfil era feia, o nariz e a boca avançavam para frente e ela parecia assoprar, mas tinha olhos escuros maravilhosos, um rosto de cor pálida muito suave e tocante expressão de bondade e tristeza, e quando falava ficava graciosa e até bonita. Nós dois, eu e ela, saíramos à mamãe, de ombros largos, fortes, resistentes, mas a palidez dela era doentia, tossia com frequência e em seus olhos às vezes eu notava aquela expressão que há entre pessoas gravemente doentes, mas que, por algum motivo, escondem isso. Na sua alegria de agora havia algo de infantil, de ingênuo, como se aquela alegria de nossa infância, esmagada e abafada pela educação rigorosa, de repente tivesse agora despertado na alma e ganhado a liberdade.

Mas, quando caiu a noite e trouxeram os cavalos, a minha irmã calou-se, encovou-se e sentou-se na sege com a aparência de quem está no banco dos réus.

Eis que todos partiram, a agitação cessou... Lembrei que Aniuta Blagovó todo o tempo não me dissera uma palavra sequer.

"Que moça intrigante", pensei. "Que moça intrigante!"

Chegou o jejum de São Pedro, e todos os dias serviam comida de jejum. Por causa do feriado e da indeterminação da minha condição, pesava-me uma tristeza física, e eu, insatisfeito comigo mesmo, mole, faminto, vagava pela propriedade e apenas esperava a adequada disposição para partir.

Certa vez, no final da tarde, quando Riedka estava sentado no anexo, Dóljikov entrou inesperadamente, muito queimado de sol e cinzento de poeira. Ficara três dias nas suas terras, depois viera a Dubiétchnia no vapor e a pé da estação até a nossa casa. Enquanto esperava a sege que devia chegar da cidade, deu uma volta na propriedade, acompanhado de seu capataz, dando ordens com voz forte, depois uma hora inteira ficou sentado no anexo, escrevendo cartas; enquanto isso, chegavam-lhe telegramas e ele mesmo batia a resposta. Nós três ficamos ali calados, em posição de sentido.

— Que desordem! — disse ele, olhando os registros com aversão. — Daqui a duas semanas vou transferir o escritório para a estação e já não sei o que fazer com vocês, senhores.

— Estou me esforçando, vossa excelência — disse Tcheprakóv.

— Estou vendo o seu esforço. Só sabem receber o salário — continuou o engenheiro olhando para mim. — O tempo todo ficam esperando proteção para *faire la carrière*[7] mais rápida e facilmente. Mas eu não cuidarei de proteções. Comigo ninguém se preocupou. Antes de me darem essa estrada, trabalhei como maquinista, trabalhei na Bélgica como um simples graxeiro. E você, Panteléi, o que está fazendo aqui? — perguntou ele, voltando-se para Riedka. — Embebedando-se junto com eles?

Ele chamava todas as pessoas simples de Panteléi, não se sabe por que, enquanto outras, como eu e Tcheprakóv, ele desprezava e, pelas costas, chamava-nos de bêbados, animais e canalhas. Em geral, com os funcionários inferiores ele era grosseiro, descontava-lhes do salário e mandava-os embora friamente, sem explicações.

Finalmente, chegaram os cavalos que esperava. Na despedida, prometeu despedir todos nós daí a uma semana, chamou o cocheiro de pateta e depois, derramando-se no assento, tocou para a cidade.

— Andrei Iványtch[8] — disse eu a Riedka —, aceite-me com um de seus operários.

— Ora, se quiser!

E fomos juntos na direção da cidade. Quando a estação e a propriedade tinham ficado bem longe, perguntei:

— Andrei Iványtch, por que o senhor apareceu agora em Dubiétchnia?

— Primeiro, os meus rapazes estão trabalhando na linha; segundo, fui pagar os juros à generala. No ano passado, peguei emprestados cinquenta rublos e agora pago-lhe um rublo por mês.

O pintor parou e me pegou pelo colarinho.

— Missail Alekséitch,[9] anjo nosso — prosseguiu ele —,

[7] "Fazer carreira", em francês no original. (N. do T.)

[8] Corruptela do patronímico Ivánovitch. (N. da T.)

[9] Corruptela do patronímico Alekséievitch. (N. da T.)

no meu jeito de entender, pode ser um homem simples, pode ser um senhor, mas se cobra juros, mesmo pouco, então já é um malfeitor. Uma pessoa dessas não pode ter verdade.

Magricelo, pálido, horroroso, Riedka fechou os olhos, balançou a cabeça e pronunciou num tom de filósofo:

— O pulgão come a plantação; a ferrugem, o ferro; e a mentira, a alma. Senhor, salve a nós, pecadores!

V

Riedka nada tinha de prático e não sabia tomar decisões; pegava mais trabalho do que conseguia fazer e na hora da conta afobava-se, perdia-se, e por isso quase sempre ficava no prejuízo. Pintava casas, instalava vidros, aplicava papel de parede e aceitava até serviços de telhadista; lembro-me de como ele, às vezes, por um contrato insignificante corria uns três dias atrás de telhadistas. Era excelente em seu ofício, acontecia-lhe de ganhar até dez rublos por dia, e se não fosse o seu desejo de ser chefe e de ter o título de empreiteiro a qualquer custo provavelmente faria um bom dinheiro.

Ele recebia por empreitada, mas pagava a mim e aos outros rapazes por dia, de setenta copeques a um rublo. Enquanto o tempo estava quente e seco, fazíamos diversos serviços externos, sobretudo pintávamos telhados. Por falta de hábito, meus pés ardiam como se eu caminhasse sobre a chapa de um fogão aceso e, quando eu usava *válienkis*,[10] os meus pés suavam. Mas isso somente no começo, depois me acostumei, e então tudo passou a correr no macio. Agora eu vivia entre pessoas para as quais o trabalho era obrigatório e inevitável, e que trabalhavam como burros de carga, frequentemente sem ter consciência do significado moral do trabalho e até sem nunca ter usado a própria palavra "trabalho" em suas conversas; perto deles também eu me sentia um burro

[10] Botas de feltro. (N. da T.)

de carga, cada vez mais penetrado da obrigatoriedade e inevitabilidade do que fazia, e isso aliviava a minha vida, livrando-me de qualquer tipo de dúvida.

No início tudo me interessava, tudo era novidade, como se eu tivesse nascido de novo. Eu podia dormir no chão, podia andar descalço, e isso era extraordinariamente agradável; podia ficar no meio do povo simples sem constranger ninguém, e, quando na rua o cavalo de alguma sege tombava, eu corria para ajudar a levantá-lo, sem medo de enlamear a roupa. O mais importante é que eu vivia por minha própria conta e não sobrecarregava ninguém!

A pintura dos telhados, sobretudo com nosso próprio óleo de linhaça e tinta, era considerada um negócio muito rentável, e por isso esse trabalho grosseiro e entediante não era rejeitado nem por bons mestres, como Riedka. Em calças curtinhas, com suas pernas descarnadas e violáceas, ele andava pelo telhado, parecendo uma cegonha, e eu ouvia como ele, movimentando o pincel, suspirava pesadamente e dizia:

— Martírio, martírio, pobres de nós, pecadores!

Ele andava no telhado tão à vontade quanto no chão. Apesar de doente e pálido como um cadáver, tinha extraordinária desenvoltura; assim como os jovens, pintava cúpulas e abóbadas de igreja sem andaimes, apenas com a ajuda de escadas e cordas, e era um tanto assustador quando ele, bem lá no alto, longe da terra, esticava-se inteiro e proferia não se sabe a quem:

— O pulgão come a plantação; a ferrugem, o ferro; a mentira, a alma!

Ou então, refletindo sobre algo, respondia em voz alta aos próprios pensamentos:

— Tudo é possível! Tudo é possível!

Quando eu voltava do trabalho para casa, todos aqueles sentados à porta das vendinhas, todos os caixeiros, os rapazinhos e os seus patrões lançavam ao meu encalço diversas observações, zombeteiras e maldosas; no início isso me inquietava, parecia simplesmente uma monstruosidade.

— Alguma Utilidade! — ouvia-se de todos os lados. — Pintor! Ocre!

E ninguém me tratava com menos piedade do que exatamente aqueles que ainda há tão pouco eram pessoas simples e conseguiam o seu pedaço de pão com trabalho braçal. Nas fileiras do comércio, quando eu passava em frente à loja de ferragens, jogavam-me água como se por acaso e uma vez até me lançaram um pedaço de pau. E ainda o peixeiro, um velho grisalho, fechou o meu caminho e disse, olhando-me com maldade:

— Não dá pena de você, seu tolo! Dá pena é de seu pai!

Já os meus conhecidos, quando se encontravam comigo, por algum motivo se atrapalhavam. Alguns me olhavam como se eu fosse um excêntrico ou um bufão, outros tinham pena de mim, terceiros não sabiam como se dirigir a mim, e compreendê-los era difícil. Certa vez, durante o dia, em uma das travessas próximas à nossa Bolchaia Dvoriánskaia, encontrei Aniuta Blagovó. Eu estava a caminho do trabalho e levava dois pincéis longos e uma lata de tinta. Ao me reconhecer, Aniuta incendiou-se.

— Peço-lhe que não me cumprimente na rua... — disse ela nervosa, severa, com voz trêmula, sem me estender a mão, e em seus olhos de repente brilharam lágrimas. — Se, na sua opinião, tudo isso é necessário, que seja... que seja, mas eu lhe peço, não se encontre comigo!

Eu morava não mais na Bolchaia Dvoriánskaia, mas na periferia, em Makárikha, na casa de minha ama Kárpovna, uma velhinha bondosa, mas sombria, que sempre pressentia algo ruim, temia todos os sonhos em geral e até nas abelhas e vespas que entravam voando em seu cômodo via sinais de mau agouro. Eu ter me tornado um trabalhador braçal, na opinião dela, também não prenunciava nada de bom.

— Perdeu a cabecinha! — dizia ela pesarosa, balançando a cabeça. — Perdeu!

Em sua casinha, morava com ela um filho adotivo, o açougueiro Prokofi, enorme, um moço desajeitado, de uns trinta anos, ruivo e com bigodes ásperos. Se me encontrava na entrada, afastava-se para dar passagem em silêncio e com respeito e, quando bêbado, batia-me continência com os cinco dedos. Jantava todas as noites e, através do biombo de tábuas, eu o ouvia resfolegar e suspirar, virando um cálice atrás do outro.

— Mãezinha! — chamava à meia-voz.

— O quê? — replicava Kárpovna, que amava loucamente o filho adotivo. — O que é, filhinho?

— Eu, mãezinha, posso fazer favores. Neste nosso vale de lágrimas, vou alimentar a senhora nos anos da velhice, e, quando a senhora morrer, enterraria às minhas custas. Disse e cumprirei!

Eu me levantava todos os dias antes do nascer do sol, deitava cedo. Nós, pintores, comíamos muito e dormíamos profundamente, e apenas à noite, não sei por que, o coração batia forte. Com os companheiros eu não discutia. Xingamentos, maldições extremadas e pragas, do tipo "que seus olhos explodam" ou "que seja tomado pelo cólera", não cessavam o dia inteiro, mas, apesar disso, vivíamos amigavelmente. Os rapazes suspeitavam que eu fosse membro de alguma seita religiosa e zombavam de mim com bonomia, dizendo que até o meu pai me deserdara, e então contavam que eles próprios raramente passavam pelo templo de Deus e que muitos já fazia dez anos inteiros que não se confessavam; depois justificavam esse descaminho com a afirmação de que pintor no meio de gente é igualzinho a gralha no meio de pássaros.

Os rapazes respeitavam-me e relacionavam-se comigo com consideração; era evidente que gostavam de saber que eu não bebia, não fumava e levava uma vida calma, regrada. Ficavam chocados e contrariados apenas porque eu não participava do roubo do óleo de linhaça e não ia junto com eles a casa dos clientes pedir algum para o chá. O roubo de óleo e tinta de clientes era hábito entre os pintores e não se considerava roubo; era notável que até um homem tão direito como Riedka, ao sair do serviço, toda vez levasse consigo um pouco de cal e óleo de linhaça. E pedir algum para o chá não envergonhava nem os velhos mais respeitáveis, que em Mákarikha possuíam casa própria; dava vergonha e desgosto quando um bando de rapazes parabenizava um qualquer, no começo ou no final das obras e, depois de receberem uma moeda de dez copeques, agradeciam submissos.

Com os contratantes, continham-se como hábeis cortesãos e faziam-me lembrar quase todo dia o Polônio de Shakespeare.

— Hum, pode ser que chova — dizia um contratante, olhando o céu.

— Vai chover, com certeza! — concordavam os pintores.

— Mas as nuvens não são de chuva. Provavelmente não vai chover.

— Não vai, vossa excelência! Com certeza não vai.

Pelas costas, falavam dos contratantes em geral com ironia e, quando viam, por exemplo, um nobre sentado na varanda com um jornal, observavam:

— Está lendo jornal, mas pra comer decerto não tem nada.

À casa de meus parentes eu não ia. Quando voltava do trabalho, com frequência encontrava bilhetes breves e preocupados, em que a minha irmã escrevia-me sobre nosso pai: ora ficara um tanto pensativo durante o almoço e não comera nada, ora cambaleara de um lado a outro, ora trancara-se no quarto e custara a sair. Tais notícias inquietavam-me, eu não conseguia dormir e acontecia até de andar à noite pela Bolchaia Dvoriánskaia em frente à nossa casa, olhando pelas janelas escuras e tentando adivinhar se tudo estava bem por lá. Aos domingos, minha irmã vinha me visitar, furtiva, como se não fosse visita minha, mas da ama. E quando entrava no meu quarto, ficava sempre muito pálida, com olhos queixosos e, no mesmo instante, começava a chorar.

— Papai não vai suportar isso! — dizia ela. — Se acontecer alguma coisa com ele, Deus não permita, então a consciência vai atormentar você a vida inteira. Isso é terrível, Missail! Em nome de mamãe, eu suplico: corrija-se!

— Minha irmã querida — dizia eu —, como vou me corrigir se estou convencido de que me comporto de acordo com a minha consciência? Compreenda!

— Eu sei, de acordo com a consciência, mas quem sabe isso não pode ser diferente, para não magoar ninguém.

— Ai, senhor! — suspirava a velha à porta. — Perdeu a cabecinha! Vem desgraça, meus queridos, vem desgraça!

VI

Num domingo, o doutor Blagovó apareceu inesperadamente em minha casa. Estava de casaco militar sobre uma camisa de seda e de botas de cano alto envernizadas.

— Vim visitar o senhor! — começou ele, apertando a minha mão com força, como um estudante. — Todo dia ouço falar do senhor e penso em vir para uma conversa, como dizem, de peito aberto. Na cidade há um tédio terrível, não há nem uma viva alma com quem se possa trocar uma palavra. Que calor, mãe puríssima! — continuou ele, tirando o casaco militar e ficando só de camisa de seda. — Querido, permita-me trocar algumas palavras!

Eu também me sentia entediado e havia muito queria estar na companhia de alguém que não fosse pintor. Fiquei sinceramente feliz com a presença dele.

— Começarei — disse ele, sentando-se em minha cama —, pelo fato de que me compadeço do senhor do fundo da alma e respeito profundamente esta sua vida. Na cidade ninguém compreende o senhor, e não seriam mesmo capazes de compreender, uma vez que, como sabe, com raríssimas exceções, aqui são todos focinhos de porco gogolianos.[11] Mas eu, ainda antes, no piquenique, decifrei o senhor. É uma alma nobre, um homem honesto, elevado! Eu respeito o senhor e considero uma honra apertar a sua mão! — continuou ele

[11] Referência aos personagens do grande escritor russo Nikolai Gógol (1809-1852). (N. da T.)

enlevado. — Para mudar a própria vida de modo tão abrupto e extremo como o senhor fez, é preciso passar por um complexo processo espiritual e, para continuar agora essa vida e manter-se constantemente no auge de suas convicções, dia após dia o senhor tem de trabalhar de modo aplicado tanto com a razão quanto com o coração. Agora, para início de nossa conversa, diga-me, o senhor não acha que, se essa força de vontade, esse esforço, todo esse potencial o senhor empregasse em alguma outra coisa, por exemplo, em se tornar com o tempo um grande cientista ou artista, a sua vida se ampliaria e aprofundaria ainda mais e seria mais produtiva em todos os aspectos?

Ficamos conversando e, quando surgiu o assunto do trabalho físico, expressei esta ideia: era preciso que os fortes não explorassem os fracos, que a minoria não fosse para a maioria um parasita nem sanguessuga, que chupa dela cronicamente os melhores sucos, ou seja, era preciso que todos — fortes e fracos, ricos e pobres —, sem exceção, participassem igualmente na luta pela sobrevivência, que cada um cuidasse de si, e nesse aspecto não há melhor meio nivelador do que o trabalho físico, na qualidade de ocupação geral, obrigatória a todos.

— Então, na opinião do senhor, devem se ocupar do trabalho físico todos, sem exceção? — perguntou o médico.

— Sim.

— Mas o senhor não acha que, se todos, inclusive as melhores pessoas, pensadores e grandes cientistas, entrassem na luta pela sobrevivência cada um por si, eles passariam a empregar o tempo na quebra de cascalho e na pintura de telhados, e isso poderia representar um grave perigo ao progresso?

— Em que está o perigo? — perguntei eu. — Pois se o progresso está nas coisas do amor, no cumprimento da lei moral. Se não se explora ninguém, não se sobrecarrega ninguém, então de que progresso ainda vai precisar?

— Ah, mas espere! — encolerizou-se de repente Blagovó, levantando-se. — Ah, espere aí! Se o caramujo em sua concha ocupar-se do próprio autoaperfeiçoamento e ficar chafurdando na lei moral, então o senhor vai chamar a isso progresso?

— Mas por que remexendo-se? — me ofendi. — Se o senhor não obriga o seu próximo a alimentá-lo, vesti-lo, transportá-lo, defendê-lo dos inimigos, ou seja, se não vive uma vida toda construída sobre a escravidão, será que isso não é progresso? Para mim, esse é o progresso mais verdadeiro e, eu acho, o único possível e necessário ao homem.

— Os limites do progresso da sociedade e do mundo são infinitos, e falar de algum progresso "possível", limitado por nossas necessidades ou concepções temporárias, isso, desculpe-me, é até estranho.

— Se os limites do progresso são infinitos, como o senhor diz, então quer dizer que os objetivos dele são indeterminados. — disse eu. — É viver e não saber ao certo para que se vive.

— Que seja! Mas esse "não saber" não é tão entediante quanto o seu "saber". Vou subindo a escada que chamamos de progresso, de civilização, de cultura, vou subindo, subindo, sem saber ao certo para onde vou, mas a verdade é que só por essa escada maravilhosa já vale a pena viver. E o senhor, sabe para que está vivendo? Para que uns não explorem os outros, para que o artista e aquele que lhe arruma as tintas tenham igual refeição. Mas isso é um aspecto pequeno-burguês, cinzento, assunto de cozinha; será que não seria desagradável viver só para isso? Se uns insetos exploram outros, o diabo que os carregue, que devorem um ao outro! Não é a respeito deles que devemos pensar — pois eles, seja como for, morrerão e apodrecerão, ainda que os livremos da escravidão, é preciso pensar a respeito da grande incógnita que espera toda a humanidade no futuro longínquo.

Blagovó discutia comigo com ardor mas, ao mesmo tempo, ficava visível que algum outro pensamento o inquietava.

— Talvez a sua irmã não venha. — disse ele, olhando o relógio. — Ontem ela esteve em nossa casa e disse que viria. O senhor fala o tempo todo de escravidão, escravidão... — continuou ele. — Mas essa é uma questão particular, e todas essas questões são solucionadas pela humanidade gradualmente, por si só.

Começamos a falar sobre gradualismo. Eu disse que a questão de fazer o bem ou o mal cada um resolvia por si, sem esperar que a humanidade chegasse a alguma solução para o problema pelo desenvolvimento gradual. Além disso, o gradualismo é uma faca de dois gumes. Junto com o processo de desenvolvimento gradual das ideias humanitárias, observa-se também o crescimento gradual de ideias de outro tipo. Não há servidão, em compensação o capitalismo está crescendo. E bem no auge das ideias libertárias, assim como na época de Batu,[12] a maioria alimenta, veste e defende a minoria, mas permanece faminta, despida e desprotegida. Essa ordem amolda-se maravilhosamente a quaisquer influências ou correntes, porque a arte da escravidão também se cultiva de modo gradual. Já não açoitamos nossos criados na estrebaria, mas damos à escravidão formas refinadas, no mínimo somos capazes de encontrar a justificativa para ela em cada caso particular. Damos muito valor às ideias, mas, se atualmente, no final do século XIX, fosse possível incumbir os operários inclusive de nossas funções fisiológicas mais desagradáveis, então faríamos isso e depois, é claro, diríamos, como justificativa, que, se as melhores pessoas, os pensadores e os gran-

[12] Khan Batu, neto de Genghis Khan. A partir de 1237 subjugou várias cidades russas e estendeu o império mongol até a região da Hungria. (N. da T.)

des cientistas começassem a empregar o seu tempo precioso nessas funções, então isso representaria um grave perigo ao progresso.

Mas eis que chegou a minha irmã. Ao ver o médico, ela se atrapalhou, se alarmou, no mesmo instante disse que precisava ir para casa, ficar com o pai.

— Kleopatra Alekséievna — disse Blagovó de modo a convencê-la, apertando as duas mãos contra o coração —, o que pode acontecer com o seu pai se a senhora passar uma meia hora comigo e com seu irmão?

Ele era sincero e sabia comunicar a sua vivacidade aos outros. A minha irmã, depois de pensar por um minuto, sorriu e alegrou-se de repente, de súbito, como no piquenique. Fomos para o campo e, sobre a relva, continuamos a nossa conversa, olhando a cidade, onde todas as janelas voltadas para o ocidente pareciam vivamente douradas por causa do pôr do sol.

Depois disso, sempre que a minha irmã me visitava, aparecia também Blagovó, e os dois cumprimentavam-se com uma expressão tal, como se o encontro deles, em minha casa, fosse ocasional. Minha irmã ouvia o médico e eu conversando e, nessa hora, tinha a expressão muita alegre, enlevada, enternecida, perscrutadora, e parecia-me que diante dos olhos dela abria-se aos poucos um outro mundo, que ela nunca vira antes, nem em sonho, e que agora tentava decifrar. Sem o médico, ficava silenciosa e tristonha, e agora, quando às vezes chorava, sentada na minha cama, então era já por motivos sobre os quais não falava.

Em agosto, Riedka ordenou-nos trabalhar na estrada de ferro. Uns dois dias antes de "tocarem" todos nós para fora da cidade, o meu pai foi me visitar. Sentou-se e, sem pressa, sem me olhar, limpou o rosto vermelho, depois tirou do bolso o nosso *Mensageiro* municipal e lentamente, acentuando cada palavra, leu uma notícia sobre um meu coetâneo, filho do gerente de atendimento do banco estatal, nomeado para uma chefia de departamento na câmara do comércio.

— Agora olhe para você — disse ele, dobrando o jornal —, um mendigo, um esfarrapado, um inútil! Até pequeno-burgueses e camponeses recebem educação para ser alguém, mas você, um Póloznev, com antepassados famosos, nobres, joga-se na lama! Mas não vim aqui para ficar conversando com você; já desisti de você — continuou ele, com voz apertada, levantando-se. — Eu vim saber: onde está a sua irmã, patife? Ela saiu de casa depois do almoço, já são mais de sete horas, e não voltou. Começou a sair com frequência sem me dizer nada, não me respeita como antes, e eu vejo aqui alguma influência sua, malévola, pérfida. Onde está ela?

Nas mãos segurava o guarda-chuva, meu conhecido, e eu fiquei perdido, já me perfilava, como um escolar, esperando que o meu pai começasse a me bater, mas ele percebeu o olhar que eu lançara ao guarda-chuva e com certeza isso o conteve.

— Viva como quiser! — disse ele. — Eu o privo de minha benção!

— Santo Deus! — murmurava a minha ama atrás da porta. — Pobre cabecinha, que infeliz! Ai, tenho um mau pressentimento!

Eu fui trabalhar na estrada de ferro. Agosto inteiro choveu sem intervalo, estava úmido e frio; dos campos não recolhiam cereais, e, na maioria das propriedades em que trabalhavam ceifadoras, guardava-se o trigo não em feixes, mas em montes, e eu me lembro como esses montes lastimosos a cada dia ficavam mais escuros e como os grãos começavam a brotar. Era difícil trabalhar; o aguaceiro estragava tudo que conseguíamos fazer. Não nos permitiam morar nem dormir nos prédios da estação, e nós nos abrigávamos em trincheiras enlameadas e úmidas, onde no verão viviam os "ferros fundidos", e à noite eu não conseguia dormir por causa do frio e porque pelo rosto e pelas mãos arrastavam-se tatuzinhos. Quando trabalhávamos perto das pontes, à noite, os "ferros fundidos" vinham em bando apenas para bater nos pintores, para eles isso era um tipo de esporte. Batiam em nós, roubavam os nossos pincéis e, para nos irritar e provocar briga, estragavam nosso trabalho, por exemplo, esborratavam as cabines com tinta verde. Para aumentar ainda mais a nossa desgraça, Riedka começou a nos pagar com extrema irregularidade. Todos os trabalhos de pintura de um trecho eram entregues a um contratado, que repassava a um outro, e este repassava a Riedka, combinando para si uns vinte por cento. O trabalho em si já não era lucrativo, e ainda havia a chuva; o tempo passava à toa, não trabalhávamos, e Riedka devia pagar os rapazes por dia. Com fome, os pintores por pouco não batiam nele, xingavam-no de gatuno, chupassangue, Judas vendedor de Cristo, enquanto ele, o pobre, suspirava, em desespero levava as mãos ao céu, e amiúde ia à casa da senhora Tcheprakóva atrás de dinheiro.

VII

Entrou um outono chuvoso, enlameado e escuro. Entrou o desemprego, e eu ficava em casa três dias seguidos sem trabalho ou então, em vez de pintura, fazia serviços diversos, como ajudar em terraplanagens, recebendo por isso uma moeda de vinte copeques por dia. O doutor Blagovó viajou para Petersburgo. A minha irmã não vinha me visitar. Riedka estava doente em casa, deitado, esperando a morte a cada dia.

O estado de espírito também era de outono. Talvez fosse assim porque, desde que fazia trabalhos braçais, eu via a vida da nossa cidade somente pelo avesso, quase todo dia acontecia de fazer descobertas que simplesmente me levavam ao desespero. Aqueles concidadãos sobre os quais antes eu não tinha nenhuma opinião ou que pela aparência pareciam bem honrados, agora se mostravam pessoas baixas, grosseiras, capazes de todo tipo de vileza. A nós, pessoas simples, enganavam, roubavam nas contas, obrigavam a esperar várias horas em antessalas frias ou na cozinha, ofendiam-nos e dirigiam-se a nós com extrema grosseria. No outono, em nosso clube, eu coloquei papel de parede em dois cômodos e na sala de leitura; pagaram-me sete copeques por parte, mas me ordenaram que assinasse recibo de doze, e quando me recusei a fazer isso, um senhor bem-apessoado, de óculos de ouro, provavelmente um dos principais membros do clube, disse-me:

— Se você, cafajeste, continuar a tagarelar, vai levar um soco na fuça.

Mas quando o criado cochichou-lhe que eu era filho do

arquiteto Póloznev, ele se atrapalhou, enrubesceu, porém, no mesmo instante se refez e disse:

— Que o diabo o carregue!

Nas lojas, a nós, trabalhadores, empurravam carne podre, farinha estragada e chá usado; na igreja, a polícia nos empurrava; nos hospitais, enfermeiros e ajudantes nos arrancavam mais dinheiro, e se nós, de pobreza, não lhes dávamos gorjeta, então, em represália, serviam-nos comida em louças sujas; no correio, o funcionário de cargo mais baixo julgava-se no direito de se dirigir a nós como a animais e de gritar com grosseria e insolência: "Espere aí! Pra onde é que vai?". Até os cães domésticos, também eles nos tratavam de modo inamistoso e atacavam-nos com especial raiva. O mais importante porém — o que me impressionava acima de tudo na minha nova condição — era a completa ausência de justiça, exatamente aquilo que entre o povo se diz na expressão: "Esqueceram-se de Deus". Era raro o dia que passava sem uma trapaça. Faziam trapaças os comerciantes, os vendedores de óleo de linhaça, os capatazes, os rapazes e os próprios contratantes. Estava bem claro que nem havia o que dizer sobre os nossos direitos, e o dinheiro que ganhávamos tínhamos todas as vezes de pedir como esmola, postados na entrada de serviço, sem chapéu.

Eu estava colocando papel de parede em um dos cômodos do clube adjacentes à sala de leitura; no final da tarde, quando já me preparava para sair, entrou na sala a filha do engenheiro Dóljikov, com um embrulho de livros nas mãos.

Fiz-lhe uma reverência.

— Ah, boa tarde! — disse ela, reconhecendo-me de imediato e estendendo-me a mão. — Como estou feliz em vê-lo.

Ela sorriu e ficou olhando com curiosidade e incompreensão a minha roupa de trabalho, a lata com cola, o papel de parede estendido no chão; eu fiquei desconcertado, e ela também ficou sem jeito.

— O senhor me desculpe se estou olhando dessa maneira — disse ela. — Falaram-me muito do senhor. Principalmente o doutor Blagovó, ele está simplesmente encantado com o senhor. E já fui apresentada à sua irmã; uma moça doce, simpática, mas de modo algum consegui convencê-la de que não há nada de terrível na simplificação[13] da sua vida. Ao contrário, o senhor agora é o homem mais interessante da cidade.

Ela olhou de novo para o balde com cola e o papel de parede e continuou:

— Pedi ao doutor Blagovó que me ajudasse a conhecê-lo mais de perto, mas, pelo visto ele esqueceu ou não pôde. Seja como for, de qualquer modo somos conhecidos e, se o senhor me der a honra de uma visita sem cerimônias, então lhe ficarei extremamente grata. Queria tanto conversar! Sou uma pessoa simples — disse ela, estendendo-me a mão — e espero que na minha casa o senhor fique à vontade. O meu pai está fora, em Petersburgo.

Ela foi para a sala de leitura, farfalhando o vestido, e eu, chegando em casa, custei a pegar no sono.

Nesse outono triste, alguma alma bondosa, pelo visto querendo aliviar um pouco a minha existência, mandou-me de tempos em tempos ora chá e limões, ora biscoitos, ora perdizes fritas. Kárpovna dizia que o entregador era sempre o mesmo soldado, mas da parte de quem — não sabia; o soldado perguntava se eu estava com saúde, se almoçava todos os dias, se tinha roupas quentes. Quando ficou frio para valer, mandaram-me, do mesmo modo, durante a minha ausência e pelo soldado, uma echarpe macia de tricô, que exalava

[13] No original, *oproschenie*, um dos preceitos da doutrina de Lev Tolstói (1828-1910). O termo designa a adoção do modo de vida e dos hábitos dos camponeses, do "povo simples". (N. da T.)

um cheiro quase imperceptível de perfume, e eu podia supor quem era a minha fada madrinha. A echarpe cheirava a lírio-do-vale, perfume preferido de Aniuta Blagovó.

No inverno, acumulava-se mais trabalho, ficava mais alegre. Riedka reanimou-se mais uma vez, e nós trabalhamos juntos na igreja do cemitério, onde limpávamos a iconóstase com uma espátula para o douramento. Era um trabalho limpo, tranquilo e, como diziam os nossos, acelerado. Em um único dia o trabalho podia render bastante e, além disso, o tempo corria rapidamente, sem percebermos. Nenhum xingamento, nem riso, nem conversas em voz alta. O próprio local obrigava ao silêncio e à reverência e predispunha a pensamentos calmos e graves. Mergulhados no trabalho, ficávamos imóveis como estátuas, de pé ou sentados; havia aquele silêncio mortal que deve existir no cemitério, de modo que, quando caía uma ferramenta ou crepitava a lamparina, esses ruídos ressoavam abruptamente e nós virávamos a cabeça. Após um longo silêncio, ouvia-se um zumbido, como voo de abelhas; no átrio, sem pressa, à meia-voz, faziam as exéquias de uma criancinha; ou então o pintor, que decorava a cúpula com uma pomba cercada de estrelas, começava a assoviar baixinho, mas de repente se continha, calava-se no mesmo instante; ou então Riedka, respondendo aos próprios pensamentos, dizia num suspiro: "Tudo é possível! Tudo é possível!"; ou então sobre as nossas cabeças ouvia-se um som lento e monótono, e os pintores observavam que, provavelmente, traziam um defunto rico...

Eu passava os dias nesse silêncio, nas penumbras da igreja, enquanto durante as longas noites jogava bilhar ou ia ao teatro, na galeria, com minha roupa nova de casimira, comprada com dinheiro do meu próprio trabalho. Na casa dos Ajóguin já tinham iniciado os espetáculos e concertos; agora quem cuidava dos cenários era só Riedka. Ele me contava o enredo da peça e dos quadros vivos que via na casa dos Ajóguin, eu o ouvia com inveja. Sentia-me fortemente atraído pelos ensaios, mas não criava coragem para visitá-los.

Uma semana antes do Natal chegou o doutor Blagovó. E de novo conversávamos, no final da tarde jogávamos bilhar. Para jogar, ele tirava a sobrecasaca, desabotoava a camisa no peito e, em geral, não sei bem por que, tentava se dar um aspecto de perdulário inveterado. Ele bebia pouco, mas ruidosamente, e conseguia deixar numa taverna tão ruim e barata quanto a "Volga" uns vinte rublos por noite.

De novo a minha irmã começou a me visitar; os dois, quando se viam, toda vez mostravam-se surpresos, mas, pelo rosto alegre e culpado dela, via-se que os encontros não eram casuais. Certa noite, quando jogávamos bilhar, o médico me disse:

— Escute, porque você não frequenta a casa dos Dóljikov? Você não conhece Maria Víktorovna — é inteligente, um encanto, uma alma simples e bondosa.

Eu lhe contei como o engenheiro tinha me recebido na primavera.

— Bobagem! — pôs-se a rir o médico. — O engenheiro é o engenheiro, e ela é outra coisa. De verdade, querido, não faça uma desfeita, visite-a quando puder. Podemos, por exemplo, ir lá amanhã à noite. Quer?

Ele me convenceu. No outro dia, à noite, de roupa nova de casimira e alvoroçado, fui à casa dos Dóljikov. O criado já não me parecia tão arrogante e terrível, e a mobília não tão luxuosa como naquela manhã em que apareci ali como solicitante. Maria Víktorovna estava à minha espera e recebeu-me como a um velho conhecido, apertou a minha mão com força, amigavelmente. Usava um vestido de chita cinza com mangas amplas e um penteado que, entre nós, na cidade, um ano depois, quando ele entrou na moda, chamavam de "orelhas de cachorro". Os cabelos tinham sido penteados das têmporas para as orelhas, e por causa disso o rosto de Maria

Víktorovna tinha aspecto mais amplo, e ela pareceu-me, dessa vez, muito semelhante ao seu pai, cujo rosto era largo, avermelhado, e em cuja expressão havia algo de cocheiro.[14] Ela estava bonita e elegante, mas não era nova, pela aparência dizia-se ter uns trinta anos, embora, na verdade, não passasse de vinte e cinco.

— Que gentileza do doutor, como lhe sou grata! — disse ela, convidando-me a sentar. — Se não fosse ele, o senhor não viria a minha casa. Sinto um tédio mortal! Papai partiu e me deixou sozinha, e eu não sei o que fazer nesta cidade.

Depois ela começou a me perguntar onde trabalho agora, quanto recebo, onde moro.

— O senhor gasta consigo apenas o que ganha no trabalho? — perguntou ela.

— Sim.

— É um homem feliz! — suspirou ela. — Na vida, todo o mal, parece-me, vem da falta do que fazer, do tédio, do vazio da alma, e tudo isso é inevitável quando se acostuma a viver às custas dos outros. Não pense que estou me exibindo, digo-lhe sinceramente: não é interessante nem agradável ser rico. Fazei amigos com o Dinheiro da iniquidade,[15] assim foi dito porque em geral não há e não pode haver riqueza justa.

Ela, com expressão séria e fria, olhou toda a mobília ao redor, como se fizesse contas, e continuou:

— O conforto e as facilidades possuem uma força mágica; aos poucos tragam até quem tem muita força de vonta-

[14] Nesta e em outras comparações dos Dóljikov com cocheiros, tem-se em mente a imagem romântica dos condutores de carruagens, que viajavam com seus cavalos velozes pelas estepes — símbolos de força, liberdade e destemor. (N. da T.)

[15] Referência a Lucas, 16, 9: "E eu vos digo: fazei amigos com o Dinheiro da iniquidade, a fim de que, no dia em que faltar o dinheiro, estes vos recebam nas tendas eternas". (N. da T.)

de. Houve tempo em que papai e eu vivíamos sem riquezas e com simplicidade, mas agora veja só. Como é que pode — disse ela, dando de ombros — gastamos até vinte mil por ano! Em uma província!

— O conforto e as facilidades devem ser vistos como privilégio inevitável do capital e da educação — disse eu —, e parece-me que as facilidades da vida podem combinar com qualquer coisa, até com o trabalho mais pesado e sujo. O seu pai é rico, no entanto, como ele diz, esteve entre maquinistas e simples graxeiros.

Ela sorriu e, em dúvida, balançou a cabeça.

— Papai às vezes também toma *tiúria* com *kvas*[16] — disse. — Um divertimento, um capricho!

Nesse momento soou a campainha, e ela se levantou.

— Os educados e os ricos devem trabalhar como quaisquer outros — continuou ela —, e, se houver conforto, que seja o mesmo para todos. Não deve haver nenhum privilégio. Mas chega de filosofia. Conte-me alguma coisinha bem alegre. Conte-me sobre os pintores. Como são eles? Engraçados?

O médico chegou. Comecei a contar sobre os pintores, mas por falta de hábito acanhava-me e contava como um etnógrafo, sério e inexpressivo. O médico também contou algumas anedotas da vida dos trabalhadores. Ele se balançava, chorava, ficava de joelhos e até deitou-se no chão ao retratar um bêbado. Era uma verdadeira cena de ator, e Maria Víktorovna olhava para ele e gargalhava até as lágrimas. Depois ele tocou piano e cantou com sua voz agradável e rala de tenor, enquanto Maria Víktorovna, de pé ao seu lado, escolhia o que ele devia cantar e corrigia-lhe quando errava.

[16] *Kvas* é uma bebida refrescante e azeda, obtida da infusão de levedura com malte e pão de centeio torrado. *Tiúria* é um sopa fria, preparada com caldo de *kvas*, pedaços de pão preto, cebola e sal. Ambos aqui são sinônimos de comida simples, das classes populares. (N. da T.)

— Ouvi dizer que a senhora também canta — disse eu.

— Também! — horrorizou-se o médico. — Ela é uma cantora maravilhosa, uma artista, e o senhor diz também! Essa foi boa!

— Antes eu levava a sério — respondeu ela à minha pergunta —, mas agora deixei de lado.

Sentada em um banquinho baixo, ela nos falava de sua vida em Petersburgo e retratava a expressão de cantoras conhecidas, arremedava as suas vozes e a maneira de cantar; num álbum desenhou primeiro o médico, depois eu, desenhava mal, mas nós dois saímos parecidos. Ela ria, brincava, fazia caretas graciosas, e isso combinava mais com ela do que conversas sobre riquezas iníquas, e parecia-me que ainda há pouco ela me falara de riqueza e conforto não seriamente, mas imitando alguém. Era uma excelente atriz cômica. Em pensamento eu a colocava ao lado de nossas damas, e nem a bela e grave Aniuta Blagovó suportava a comparação; a diferença era enorme, como entre uma boa rosa cultivada e uma rosa silvestre.

Jantamos em três. O médico e Maria Víktorovna tomaram vinho tinto, champanhe e café com conhaque; brindaram e beberam à amizade, à inteligência, ao progresso, à liberdade, mas não ficaram bêbados, só se avermelharam por inteiro e gargalharam com frequência e sem motivo, até as lágrimas. Para não parecer entediado, também bebi vinho tinto.

— As naturezas talentosas, ricamente talentosas — dizia Dóljikova —, sabem como devem viver e seguem o seu próprio caminho; as pessoas medianas, como eu, por exemplo, não sabem de nada e nada podem fazer; nada mais lhes resta a não ser perceber algum movimento social profundo e nadar de acordo com ele.

— Mas será possível notar aquilo que não existe? — perguntou o médico.

— Não, porque não o vemos.

— Pois então? Movimentos sociais são invenção da nova literatura. Entre nós não existem.

Iniciou-se uma discussão.

— Não há e nunca houve entre nós nenhum movimento social profundo. — disse o médico em voz alta. — É cada uma que a nova literatura inventa! Ela inventou ainda uns tais operários da *intelligentsia* na aldeia; pois pode procurar em nossa aldeia inteira, o máximo que vai encontrar é um Não-Respeita-A-Gamela[17] de jaqueta ou sobrecasaca preta, que numa palavra de três letras consegue cometer quatro erros. A nossa vida cultural ainda não começou. É a mesma selvageria, a mesma brutalidade completa, a mesma nulidade de quinhentos anos atrás. Movimentos, tendências, tudo isso está atrelado de modo mesquinho e miserável a interessezinhos baixos e miúdos — será que se pode ver neles algo de sério? Se lhe parece que a senhora percebeu uma tendência social profunda e, seguindo-a, dedica a própria vida a tarefas ao gosto contemporâneo, como libertar insetos da escravidão ou abster-se de bolinhos de carne, então meus parabéns, minha senhora. Estudar, precisamos estudar e estudar, e quanto a movimentos sociais profundos, esperemos: ainda não chegamos lá e, com toda sinceridade, não entendemos nada a respeito deles.

— O senhor não entende, mas eu entendo — disse Maria Víktorovna. — Só Deus sabe como o senhor está chato hoje!

— A nossa tarefa é estudar e estudar, esforçar-nos para acumular a maior quantidade possível de conhecimentos,

[17] No original, *Neuvajai-Koryto*. Sobrenome de um dos servos mortos comprados por Tchítchikov no romance *Almas mortas* (1842), de Gógol, e utilizado mais tarde por Saltykov-Schedrin como sobrenome de um dos personagens do *Diário de um provinciano* (1871). Consagrou-se como sinônimo de ignorância. (N. da T.)

porque os movimentos sociais sérios estão onde se encontram o conhecimento, e a felicidade do homem do futuro está apenas no conhecimento. Bebo à ciência!

— Uma coisa é indiscutível: precisamos organizar a nossa vida de algum outro modo — disse Maria Víktorovna, depois de ficar em silêncio e refletir —, pois aquela vida que havia até agora, não vale nada. Não vamos falar dela.

Quando saímos de lá, já batiam duas horas na catedral.

— Você gostou dela? — perguntou o médico. — Não é mesmo um amor?

No primeiro dia do Natal,[18] almoçamos na casa de Maria Víktorovna e depois, no decorrer de todo o oitavário, fomos visitá-la quase todo dia. Ninguém frequentava a sua casa além de nós, e ela estava certa quando dizia que, com exceção de mim e do médico, não tinha mais nenhum conhecido na cidade. Passávamos o tempo basicamente em conversas; às vezes, o médico levava consigo algum livro ou revista e lia para nós em voz alta. De fato, era a primeira pessoa educada que eu encontrava na vida. Não posso julgar se sabia muito, mas com frequência divulgava os próprios conhecimentos, pois queria que também os outros ficassem sabendo. Quando falava de algo relacionado à medicina, não se parecia com nenhum dos nossos médicos da cidade, produzia uma impressão nova e particular, e parecia-me que, se ele quisesse, poderia se tornar um verdadeiro cientista. E acho que, naquela época, essa era a única pessoa que exercia alguma influência de verdade sobre mim. Encontrando-me com ele e lendo os livros que me emprestava, comecei aos poucos a sentir necessidade de conhecimentos, que intelectualizassem o meu trabalho sem graça. Já me parecia estranho que antes eu não soubesse, por exemplo, que o mundo inteiro se compunha de

[18] As celebrações do Natal prolongam-se por oito dias (oitavário), de acordo com Números, 29, 12-38. (N. da T.)

sessenta elementos químicos, não soubesse o que é o óleo de linhaça, o que são as tintas — como pudera passar sem isso? A amizade com o médico elevou-me também moralmente. Com frequência eu discutia com ele, e embora via de regra não mudasse de opinião, ainda assim, graças a ele, aos poucos comecei a notar que para mim mesmo nem tudo estava claro, e já tentava elaborar melhor as próprias convicções para que as indicações da minha consciência ficassem claras, sem nada de turvo. Apesar de tudo isso, esse homem educado, o melhor homem da cidade, ainda estava longe da perfeição. Em suas maneiras, no hábito de levar qualquer conversa a discussões, em sua voz agradável de tenor e até em sua gentileza havia algo grosseiro, de seminário, e quando ele tirava a sobrecasaca e ficava apenas de camisa de seda, ou lançava ao criado uma moeda para o chá, então toda vez me parecia que cultura é cultura, mas nele ainda vivia um tártaro.[19]

No Dia de Reis, ele partiu de novo para Petersburgo. Saiu de manhã; depois do almoço a minha irmã veio me visitar. Sem tirar o casaco de pele nem o chapéu, ficou sentada, em silêncio, muito pálida, com o olhar fixo num único ponto. Sentia calafrios e via-se que mal se aguentava.

— Pelo visto, você pegou um resfriado — disse eu.

Os seus olhos encheram-se de lágrimas, ela se levantou e foi procurar Kárpovna, sem me dizer nem uma palavra, como se eu a tivesse ofendido. Pouco depois eu a ouvi falando, com amargura:

— Ama querida, pra que vivi até agora? Pra quê? Diga-me: será que não estraguei a minha juventude? Nos melhores anos da minha vida, dava conta apenas de contabilizar despesas, servir chá, economizar copeques, fazer sala a visitas, e pensava não havia nada no mundo mais elevado do que

[19] A Rússia ficou sob o domínio tártaro por mais de duzentos anos. As invasões tiveram início em 1237. (N. da T.)

isso. Minha ama, compreenda, eu tenho aspirações de ser humano e quero viver, mas de mim fizeram uma governanta. Isso é horrível, horrível!

Ela arremessou as chaves porta adentro, e elas caíram sonoramente no meu cômodo. Eram as chaves do bufete, do armário da casa, do porão e do guarda-louça — aquelas mesmas chaves que outrora carregava a minha mãe.

— Ai, ai! Oh, meu Senhor! — atemorizava-se a velha. — Meus santinhos!

Antes de voltar para casa, a minha irmã foi ao meu quarto pegar as chaves e disse:

— Desculpe. Nos últimos tempos tem acontecido algo estranho comigo.

VIII

Certa vez, voltando da casa de Maria Víktorovna tarde da noite, encontrei no meu cômodo o jovem chefe do posto policial, de uniforme novo; estava sentado à mesa e folheava um livro.

— Ei, finalmente! — disse ele, levantando-se e estendendo a mão. — Já é a terceira vez que venho procurá-lo. O governador ordenou que o senhor compareça amanhã, às nove da manhã em ponto. Sem falta.

Pegou a convocação com a minha assinatura, garantindo que cumpriria a ordem de vossa excelência, e saiu. A visita do chefe do posto em hora avançada e o convite inesperado para comparecer à presença do governador agiram sobre mim do modo mais opressivo. Desde o início da infância, eu tinha pavor de gendarmes, policiais, magistrados e agora me martirizava de preocupação, como se fosse realmente culpado de algo. E não conseguia pegar no sono de jeito nenhum. A ama e Prokofi também se inquietavam e não dormiam. Além disso, ela estava com dor de ouvido, gemia e algumas vezes se punha a chorar. Ouvindo que eu não dormia, Prokofi entrou com cuidado em meu cômodo com a lamparina na mão e sentou-se junto à janela.

— O senhor devia tomar uma com pimenta — disse ele, depois de pensar um pouco. — Neste nosso vale de lágrimas, você bebe e tudo fica bem. E também, se a mãezinha pingasse no ouvido um pouco dessa de pimenta, seria de grande ajuda.

Depois das duas da manhã, ele foi ao matadouro buscar carne. Eu sabia que não ia mais conseguir pegar no sono até de manhã e, para fazer o tempo passar mais depressa até chegar nove horas, fui junto com ele. Caminhávamos levando uma lanterna, enquanto Nikolka, o ajudante dele, rapazinho de uns treze anos, com manchas roxas de frio no rosto, com verdadeira aparência de ladrão, seguia-nos de trenó, açulando o cavalo com voz rouca.

— Lá no governador é castigo, na certa — disse-me o caro Prokofi pelo caminho. — Existe a ciência dos governadores, existe a ciência dos arquimandritas, existe a ciência dos oficiais, existe a ciência dos médicos, para cada título existe uma ciência própria. Mas o senhor não segue a sua ciência, e isso eles não podem permitir.

O matadouro ficava atrás do cemitério, e antes eu o tinha visto apenas de longe. Eram três galpões sombrios, rodeados por uma cerca cinza, que, quando o vento soprava de lá, nos dias quentes do verão, exalavam um fedor sufocante. Agora, ao entrar no pátio, na escuridão, eu não via os galpões; conseguia enxergar apenas cavalos e trenós vazios ou já carregados de carne; algumas pessoas andavam com lanternas e soltavam palavrões repulsivos. Prokofi e Nikolka também xingavam, do mesmo modo nojento, e no ar permanecia um ruído surdo de xingamentos, tosse e relinchar de cavalos.

Cheirava a cadáver e esterco. A neve já começava a degelar e misturava-se à lama, na escuridão parecia-me que eu andava por poças de sangue.

Depois de encher o trenó de carne, fomos para o açougue do mercado. Começava a clarear. Passavam uma cozinheira atrás da outra com cestos e damas idosas com pelerine. Prokofi, com o machado na mão, de avental branco salpicado de sangue, jurava com verdadeira paixão, virava-se na direção da igreja e persignava-se, gritava alto para todo o mercado, assegurando que vendia a carne pelo preço de custo e até com prejuízo. Ele roubava no peso, roubava na conta, as cozinheiras viam isso, mas, ensurdecidas pelos seus gritos, não protestavam, só o xingavam de carrasco. Erguendo e baixando o machado assustador, assumia poses pitorescas e, a cada vez, com expressão enfurecida, pronunciava o som "rek", e eu temia que ele realmente cortasse fora a cabeça ou a mão de alguém.

Passei a manhã inteira no açougue e, quando finalmente fui encontrar o governador, do meu casaco desprendia-se um cheiro de carne e sangue. O meu estado de espírito era tal, como se eu tivesse recebido a ordem de ir ao encontro de um urso com um forcado. Lembro-me da escada alta, com tapete listrado, e do jovem funcionário de fraque, com botões luzentes, que, em silêncio, com as duas mãos, indicou-me a porta e correu a me anunciar. Entrei numa sala, em que a mobília era luxuosa, mas fria e de mau gosto; feriam os olhos com particular incômodo os espelhos altos e estreitos nos tremós e os reposteiros amarelo-claros nas janelas; via-se que os governadores mudavam, mas as instalações continuavam as mesmas. O jovem funcionário de novo indicou-me uma outra porta com as duas mãos, e eu me dirigi a uma mesa verde grande, junto à qual estava um general de guerra com uma comenda da ordem de Vladímir no pescoço.

— Senhor Póloznev, eu pedi que se apresentasse — começou ele, segurando uma carta e abrindo a boca ampla e redondamente, como na letra *o* —, eu pedi que se apresentasse para informar o seguinte. O seu venerável pai dirigiu-se por escrito e pessoalmente ao chefe da nobreza provincial, pedindo que o chamasse e esclarecesse ao senhor a total incongruência entre o seu comportamento e o título de nobreza que o senhor tem a honra de possuir. Sua excelência Aleksandr Pávlovitch, supondo, com justiça, que o seu comportamento é uma tentação para os outros e concluindo que aqui apenas a persuasão da parte dele seria insuficiente, sendo necessária portanto uma intervenção administrativa séria, expôs-me, veja aqui, nesta carta, as suas considerações em relação ao senhor, das quais partilho.

Ele disse isso baixinho, com respeito, de pé e ereto, como se fosse eu o seu chefe, e olhando para mim de modo nem um pouco severo. O seu rosto era flácido, consumido, todo enrugado, sob os olhos pendiam bolsinhas, os cabelos ele pintava, e em geral, pela aparência, não era possível determinar quantos anos tinha — quarenta ou sessenta.

— Espero — continuou ele —, que o senhor avalie a delicadeza do venerável Aleksandr Pávlovitch, que se dirigiu a mim não oficialmente, mas em particular. Eu também convidei o senhor não oficialmente e estou conversando com o senhor não como governador, mas como sincero admirador de seu pai. Desse modo, peço-lhe que mude o seu comportamento e volte às obrigações adequadas ao seu título, ou então, para evitar a tentação, transfira-se para outro lugar, onde não conheçam o senhor e onde possa se ocupar do que quiser. Caso contrário, terei de tomar medidas extremas.

Ele ficou calado por meio minuto, de boca aberta, olhando para mim.

— O senhor é vegetariano? — perguntou.

— Não, vossa excelência, eu como carne.

Então se sentou e puxou para perto de si um papel; eu lhe fiz uma reverência e saí.

Antes do almoço já não valia a pena ir trabalhar. Fui para casa dormir, mas não conseguia pegar no sono por causa de um sentimento desagradável e doentio, causado em mim pelo matadouro e pela conversa com o governador; esperei até anoitecer e, aborrecido e sombrio, fui à casa de Maria Víktorovna. Enquanto lhe contava que tinha encontrado o governador, ela me olhava perplexa, como se não acreditasse; de repente começou a gargalhar alegremente e alto, com animação, como sabem gargalhar apenas as pessoas bondosas e risonhas.

— Ah, se contasse isso em Petersburgo! — disse com dificuldade, por pouco não caindo de tanto rir e inclinando-se na direção da mesa. — Se contasse isso em Petersburgo!

IX

Agora já nos encontrávamos com frequência, umas duas vezes ao dia. Quase todo dia, depois do almoço, ela ia ao cemitério e, enquanto me esperava, lia as inscrições nas cruzes e nas lápides; às vezes entrava na igreja e, de pé ao meu lado, me observava trabalhar. O silêncio, o trabalho ingênuo dos pintores restauradores e dos douradores, o bom senso de Riedka e o fato de que na aparência eu não me distinguia em nada dos outros e trabalhava como eles apenas de colete e de calçados rotos, e de que me tratavam por "tu" — isso era novo para ela e deixava-a tocada. Certa vez, na presença dela, um pintor-restaurador, que desenhava um pombo lá no alto, gritou-me:

— Missail, me passa aí a cal!

Eu levei a cal até ele e depois, quando desci pela pontezinha oscilante, ela me acompanhou com o olhar, ficou tocada até as lágrimas, e sorriu.

— Que amável é o senhor! — disse ela.

De minha infância restou-me a lembrança de como um papagaio verde fugiu da gaiola da casa de uma família rica, e como depois essa ave bonita vagou um mês inteiro pela cidade, passando preguiçosamente de um jardim a outro, solitária, sem abrigo. Pois Maria Víktorovna lembrava-me essa ave.

— Agora, além do cemitério, positivamente não tenho mais aonde ir — disse-me ela com um sorriso. — A cidade está tão entediante que causa nojo. Na casa dos Ajóguin leem, cantam, ciciam, nos últimos tempos eu não os estou suportando; a sua irmã não é nada sociável, *mademoiselle* Blagovó odeia-me, não sei por quê, de teatro eu não gosto. Aonde é que vou me meter?

Quando eu ia à casa dela, de mim desprendia-se um cheiro de tinta e terebintina, as minhas mãos estavam pretas — e ela gostava disso; ela queria que eu fosse à casa dela não de outro modo, mas de roupa comum de trabalho; na sala de visitas, porém, essa roupa me acanhava, eu me atrapalhava, como se estivesse de uniforme e, por isso, quando ia à casa dela, toda vez usava minha nova roupa de casimira. E ela não gostava disso.

— O senhor, reconheça, ainda não assimilou completamente o seu novo papel — disse-me certa vez. — As roupas de trabalho o acanham, nelas o senhor não fica à vontade. Diga-me, será que isso não acontece porque o senhor não tem confiança em si e porque o senhor não está satisfeito? O tipo de trabalho que o senhor escolheu, essa coisa de pintor, será que ele satisfaz o senhor? — perguntou ela, rindo. — Eu sei, a pintura torna os objetos mais bonitos e mais resistentes, mas esses objetos pertencem a habitantes da cidade, a pessoas ricas e, no final das contas, consistem em um luxo. Além disso, foi o senhor mesmo quem disse, mais de uma vez, que cada um deve conseguir o seu pão com as próprias mãos, enquanto o senhor consegue dinheiro e não pão. Por que não ficar no sentido literal de suas palavras? É preciso conseguir exatamente o pão, ou seja, é preciso arar, semear, ceifar, triturar ou fazer alguma outra coisa que tenha relação direta com a agricultura, por exemplo, cuidar de vacas, cavar a terra, derrubar árvores para construir isbás...

Ela abriu um armário bem adornado, perto da escrivaninha e disse:

— Estou dizendo tudo isso ao senhor porque quero confiar-lhe um segredo meu. *Voilà*! Esta é a minha biblioteca agrícola. Aqui há campos, hortas, jardins, currais e apiários. Eu leio com avidez e já estudei em teoria tudo, até a mínima gotinha. Tenho um sonho, um doce devaneio: assim que entrar março, quero ir para a nossa Dubiétchnia. Lá é admirável, magnífico! Não é verdade? No primeiro ano, vou observar e me acostumar, já no ano seguinte eu própria começarei a trabalhar de verdade, como se diz, sem dó. Papai prometeu-me Dubiétchnia de presente e vou fazer lá tudo que quiser.

Enrubescendo-se, inquietando-se até as lágrimas e rindo, ela sonhava em voz alta sobre o que ia fazer em Dubiétchnia e como a vida ia ser interessante. E eu a invejava. Março já estava próximo, os dias tornavam-se mais e mais longos, e ao meio-dia ensolarado e vibrante, os telhados gotejavam e o ar cheirava a primavera; eu próprio tinha vontade de ir para a aldeia.

E, quando ela disse que se mudaria para Dubiétchnia, logo imaginei vivamente como eu ia ficar sozinho na cidade e tive ciúmes dela com o armário, os livros e a atividade agrícola. Eu não entendia e nem gostava do trabalho rural, e queria dizer-lhe que a agricultura era tarefa de escravos, mas me lembrei que algo semelhante tinha sido dito uma vez por meu pai e calei-me.

Entrou a Quaresma. Chegou de Petersburgo o engenheiro Víktor Iványtch, de cuja existência eu já começara a esquecer. Chegou inesperadamente, sem nem mesmo avisar por telegrama. Quando voltei, como de hábito no final da tarde, ele andava pela sala, limpo, penteado, remoçado uns dez anos, e contava alguma coisa; a filha dele, de joelhos, tirava das malas caixas, frascos, livros e entregava tudo ao criado Pável. Ao ver o engenheiro, automaticamente dei um passo para trás, enquanto ele estendeu-me as duas mãos e disse, sorrindo, mostrando-me os dentes brancos, fortes, de cocheiro.

— Aqui está ele, aqui está ele! Muito prazer em vê-lo, senhor pintor! Macha[20] contou-me tudo, ela nos cantou um panegírico inteiro. Compreendo e aprovo o senhor inteiramente! — disse ele, pegando-me pela mão. — Ser um operário digno é muito mais inteligente e honrado do que consumir dinheiro do tesouro público e usar uma insígnia na testa. Eu mesmo fui operário na Bélgica, veja estas minhas mãos, depois passei dois anos como maquinista...

Ele usava um paletó curto e chinelos de casa, caminhava como um gotoso, cambaleando e esfregando as mãos. Cantarolava, ronronava baixinho e o tempo todo se contorcia de satisfação porque, finalmente, voltara para casa e tomara a sua querida ducha.

— Sem discussão — disse-me ele na hora do almoço —, sem discussão, todos vocês são pessoas amáveis, simpáticas, mas, assim que pegam no trabalho pesado ou começam a salvar o mujique, então tudo em vocês, no final das contas, se reduz ao sectarismo. Não é um sectário o senhor? Por exemplo, não toma vodca. O que será isso, a não ser sectarismo?

Para deixá-lo satisfeito, tomei vodca. Também tomei vinho. Provamos queijos, embutidos, patês, picles e todo tipo de petisco possível, que o próprio engenheiro trouxera consigo, e vinhos recebidos do exterior durante a sua ausência. Os vinhos eram magníficos. Por algum motivo, os vinhos e os cigarros o engenheiro recebia do exterior sem taxa aduaneira, caviar e *balyk*[21] alguém mandava-lhe de graça, pela casa ele não pagava, uma vez que o proprietário fornecia querosene à ferrovia; e, em geral, ele e a filha causavam a impressão de que tudo de melhor no mundo estava a seu serviço e vinha a eles completamente de graça.

[20] Diminutivo de Maria. (N. da T.)

[21] Filé de salmão salgado e seco ao ar. (N. da T.)

Continuei a visitá-los, mas agora não com tanta disposição. O engenheiro me deixava acanhado; na presença dele, sentia-me preso. Não suportava os seus olhos luminosos e inocentes, os seus raciocínios me abatiam, despertavam-me aversão; abatia-me também a lembrança de que fazia tão pouco tempo eu estivera subordinado a esse homem saciado e corado, e que ele tinha sido rudemente grosseiro comigo. É verdade que me abraçava, dava um tapinha terno no ombro, aprovava a minha vida, mas eu sentia que ele, como antes, desprezava a minha insignificância e suportava-me apenas para agradar a filha; e eu já não conseguia rir nem dizer o que tinha vontade e mantinha-me insociável, o tempo inteiro na expectativa de que, de repente, ele me apelidasse de Panteléi, como ao seu criado Pável. Como o meu orgulho pequeno-burguês e provinciano se indignava! Eu, um proletário, um pintor, todos os dias visitava pessoas ricas, estranhas a mim, vistas pela cidade inteira como estrangeiras, e todos os dias, na casa delas, bebia vinhos caros e comia coisas extraordinárias — com isso a minha consciência não queria se conciliar! Quando saía para visitá-los, fugia sombriamente de possíveis encontros, olhava de soslaio, como se fosse realmente um sectário, e, quando voltava da casa do engenheiro para a minha, envergonhava-me da própria saciedade.

O mais importante, porém, é que eu tinha medo de me apaixonar. Quando andava pela rua, trabalhava ou conversava com os rapazes, o tempo todo pensava apenas no final da tarde, na hora de ver Maria Víktorovna, e imaginava a sua voz, o seu riso, o seu andar. Antes de sair, toda vez eu ficava parado longamente diante de um espelho deformador no cômodo da minha ama, ajeitando a gravata; a minha roupa de casimira parecia-me repugnante; eu sofria e, ao mesmo tempo, desprezava a mim mesmo pelo fato de ser tão mesquinho. Quando ela gritava para mim, do outro cômodo, que ainda estava se vestindo, e pedia que eu esperasse, eu a ouvia vestir-se, isso me agitava, eu sentia como se o chão desaparecesse debaixo de meus pés. E quando na rua eu via, ainda que de longe, uma figura feminina, então sem falta comparava; parecia-me que todas as nossas mulheres e moças eram vulgares, vestiam-se de modo desajeitado, não sabiam se comportar; e essas comparações despertavam em mim um sentimento de orgulho: Maria Víktorovna era a melhor de todas! E à noite sonhava com nós dois.

Certa vez, no jantar, o engenheiro e eu juntos comemos um lagostim inteiro. Depois, ao voltar para casa, lembrei-me de que o engenheiro, durante o jantar, duas vezes dissera-me "queridíssimo", e concluí que naquela casa adulavam-me como a um grande cão infeliz que se perdeu da casa do dono, que se divertiam comigo e, quando enjoassem, iriam me tocar como a um cão. Senti vergonha e dor, dor até as lágrimas, como se tivessem me ofendido, e eu, olhando o céu, fiz a promessa de pôr um fim em tudo isso.

No dia seguinte, não fui à casa dos Dóljikov. Tarde da noite, quando já estava completamente escuro e chovia, passei pela Bolchaia Dvoriánskaia, olhando para as janelas. Na casa dos Ajóguin todos dormiam, e apenas em uma das janelas extremas havia luz; era a velha Ajóguina, que, no seu cômodo, bordava à luz de três velas, imaginando que lutava com superstições e preconceitos. Em nossa casa estava escuro, mas em frente, nos Dóljikov, as janelas estavam iluminadas, mas não se podia distinguir nada através das plantas e cortinas. Eu continuava andando pela rua; a chuva fria de março me molhava. Ouvi meu pai voltando do clube; ele bateu no portão, daí a um minuto, acendeu-se uma luz na janela, e eu vi a minha irmã, andando apressada, com a lamparina e, enquanto andava, ajeitava com uma das mãos os cabelos densos. Depois o meu pai ficou andando pela sala, de um canto a outro, falando a respeito de algo, esfregando as mãos, enquanto a minha irmã estava sentada na poltrona, imóvel, pensando em algo, sem o ouvir.

Mas eis que eles se retiraram, a luz se apagou... Eu olhei para trás, para a casa do engenheiro — também lá já estava escuro. Na escuridão, sob a chuva, sentia-me sem esperanças, solitário, largado ao gosto do destino, sentia como, em comparação com essa minha solidão, em comparação com o sofrimento atual e com o que me esperava na vida, como eram ninharias todas as minhas atitudes, desejos e tudo o mais que eu pensara e falara até então. Infelizmente, as atitudes e os pensamentos dos seres vivos não são nem de longe tão significativos quanto as suas aflições! E sem me dar conta do que fazia, com todas as forças puxei a campainha no portão dos Dóljikov, estraguei-a e corri rua afora, como um menino, experimentando pavor e pensando que agora sem falta sairiam e me reconheceriam. Quando parei no final da rua, para tomar fôlego, ouvia-se o barulho da chuva e também ao longe o sentinela batia na placa de ferro.

Uma semana inteira não fui à casa dos Dóljikov. A roupa de casimira foi vendida. Não havia trabalho para pintores, e eu de novo passava fome, conseguindo dez a vinte copeques por dia, onde dava, com trabalhos pesados e desagradáveis. Cambaleando, enfiado na lama fria até os joelhos, castigando o peito, eu queria abafar as lembranças e me vingar por todos os queijos e conservas que tinham me servido na casa do engenheiro; entretanto, mal deitava na cama, faminto e molhado, e a minha imaginação pecadora no mesmo instante começava a desenhar quadros maravilhosos e sedutores, e eu percebia surpreendido que estava amando, amando com paixão, e pegava num sono pesado e saudável, sentindo que, por causa dessa vida de trabalhos forçados, o meu corpo ficaria apenas mais forte e jovem.

Em uma das noites, de maneira inoportuna, caiu neve e soprou o vento do norte, como se de novo entrasse o inverno. Ao voltar do trabalho nessa tarde, encontrei no meu cômodo Maria Víktorovna. Sentara-se de casaco de pele, com as duas mãos na *mufta*.[22]

— Por que o senhor não tem aparecido lá em casa? — perguntou ela, erguendo os olhos inteligentes e claros; desconcertei-me de alegria e fiquei em posição de sentido na frente dela, como diante de meu pai quando ele ia me bater; ela olhou para mim e, pelos seus olhos, percebia-se que entendia porque eu estava desconcertado.

— Por que o senhor não aparece mais lá em casa? — repetiu ela. — Como o senhor não quer ir, então eu mesma vim.

Levantou-se e chegou bem perto de mim.

— Não me abandone — disse ela, e os seus olhos encheram-se de lágrimas. — Sou sozinha, completamente sozinha!

Começou a chorar e disse, cobrindo o rosto com a *mufta*:

— Sozinha! É tão difícil viver, muito difícil, e nesse mundo não tenho ninguém além do senhor. Não me abandone!

Procurando o lenço para enxugar as lágrimas, ela sorriu; ficamos em silêncio por algum tempo, depois a abracei e beijei e, nesse momento, arranhei a face até sangrar no alfinete preso em seu chapéu.

Então começamos a conversar como se fôssemos íntimos um do outro há muito, muito tempo...

[22] Agasalho para as mãos, de formato cilíndrico, feito de pele ou tecido. (N. da T.)

X

Daí a uns dois dias, ela me enviou a Dubiétchnia, e eu fiquei indescritivelmente feliz com isso. Quando cheguei à estação e depois me sentei no vagão, comecei a rir sem motivo, e olhavam-me como a um bêbado. Caía neve e fazia muito frio de manhã, mas as estradas já haviam escurecido e sobre elas voavam gralhas, crocitando.

No começo eu tencionava ajeitar a nossa casa, minha e de Macha, na propriedade anexa, em frente à residência da senhora Tcheprakóva, mas descobri que nela de longa data viviam pombos e patos, e era impossível limpá-la sem destruir grande quantidade de ninhos. Querendo ou não, tivemos de ficar nos cômodos desaconchegantes da casa grande com gelosias. Os mujiques chamavam essa casa de mansão; nela havia mais de doze cômodos, enquanto a mobília eram apenas um piano e uma poltrona de criança, que ficava no sótão, e, se Macha trouxesse da cidade toda a sua mobília, ainda assim não conseguiríamos eliminar essa impressão de vazio tenebroso e frio. Escolhi três cômodos pequenos com janelas para o jardim e, desde de manhã cedo até a noite, cuidava da limpeza deles, colocando vidros novos, colando papel de parede, tapando buracos e frestas no chão. Era um trabalho leve e agradável. Muitas vezes eu corria até o rio para ver se não havia gelo; o tempo todo me parecia que chegavam os estorninhos. À noite, pensando em Macha, com um sentimento doce, difícil de expressar, com arrebatadora alegria, ficava tentando ouvir o barulho das ratazanas e como o vento zunia e batia no telhado; parecia que no sótão um velho duende tossia.

A neve estava alta; muito dela ainda se acumulara no final de março, mas derretia depressa, como por encanto; as águas da primavera passavam tempestuosas, de modo que, no início de abril, os estorninhos já faziam barulho e pelo jardim voavam borboletas amarelas. O tempo estava maravilhoso. Todo dia, no final da tarde, eu ia à cidade encontrar Macha, e que prazer sentia em andar de pés descalços pelo caminho que começava a secar, mas ainda estava macio! Sentava-me no meio da estrada e ficava olhando a cidade, sem coragem de chegar mais perto. A visão me perturbava. Todo o tempo pensava: como os meus conhecidos vão me tratar, sabendo do meu amor? O que dirá o meu pai? Em particular, perturbava-me o pensamento de que a minha vida se complicara e que eu perdera totalmente a capacidade de conduzi-la, e que ela, como um balão, levava-me só Deus sabe aonde. Eu já não pensava sobre o modo de conseguir meu sustento, como ia viver, mas sim — na verdade não me lembro sobre o quê.

Macha chegava de sege; eu me sentava junto dela, e íamos juntos a Dubiétchnia, alegres, livres. Ou então eu esperava o pôr do sol, depois voltava para casa insatisfeito, entediado, sem compreender por que Macha não tinha aparecido, enquanto na entrada da propriedade ou no jardim esperava-me uma visão inesperada e querida — ela! Nesses dias, ela chegava de trem e vinha a pé da estação. Que festa! Num vestido de lã bem simples, de lenço, com uma sombrinha modesta, ela vinha altiva, com ótima aparência, de botas estrangeiras caras — era uma talentosa atriz, desempenhando o papel de burguesinha. Examinávamos a nossa propriedade e decidíamos de quem seriam os cômodos, onde ficariam as aleias, a horta, o apiário. Já tínhamos galinhas, patos e gansos, que amávamos porque eram nossos. Já tínhamos preparados para a semeadura aveia, trevo, trigo sarraceno e sementes para a horta, e toda vez examinávamos tudo isso e discutíamos longamente, que colheita teríamos; tudo o que Macha dizia parecia-me extraordinariamente inteligente e maravilhoso. Essa foi a época mais feliz da minha vida.

Logo depois da semana de São Tomé,[23] nós nos casamos na igreja de nossa paróquia, no povoado de Kurílovka, a três verstas de Dubiétchnia. Macha queria que tudo fosse feito modestamente; por desejo dela, os nossos padrinhos eram camponeses, apenas o sacristão cantou, e nós voltamos da igreja em uma sege pequena e sacolejante, ela própria conduzia. Dos convidados da cidade, apareceu apenas a minha irmã Kleopatra, a quem uns três dias antes do casamento Macha mandara um bilhete. A minha irmã estava de vestido branco e luvas. Na hora da coroação,[24] ela chorou baixinho de comoção e alegria, e a expressão de seu rosto era maternal, infinitamente bondoso. Inebriara-se de nossa alegria e sorria como se tivesse aspirado uma fragrância doce e, olhando-a no momento da nossa coroação, eu compreendi que, para ela, não havia nada superior ao amor, ao amor terreno, e que ela sonhava com ele em segredo, timidamente, mas com constância e paixão. Ela abraçava e beijava Macha e, sem saber como expressar o seu êxtase, dizia-lhe a meu respeito:

— Ele é bom! Muito bom!

Antes de nos deixar, ela trocou de roupa, pôs o seu vestido comum e levou-me ao jardim, para conversar comigo a sós.

— Nosso pai está muito magoado porque você não lhe escreveu — disse ela —, devia ter pedido a benção. Mas, no

[23] Segundo Domingo da Páscoa, ou Domingo da Misericórdia. (N. da T.)

[24] No rito ortodoxo, os noivos são coroados. (N. da T.)

fundo, ele está muito satisfeito. Diz que esse casamento o elevará aos olhos da nossa sociedade e que, sob a influência de Maria Víktorovna, você começará a se relacionar com a vida mais seriamente. Agora, à noite, falamos só de você, e ontem ele até se expressou assim: "o nosso Missail". Isso me alegrou. Pelo visto, ele teve uma ideia, e parece-me que quer dar a você um exemplo de magnanimidade, sendo o primeiro a falar em reconciliação. É muito provável que, daqui a alguns dias, venha até aqui visitá-los.

Ela me benzeu algumas vezes, às pressas, e disse:

— Então está bem, seja feliz. Aniuta Blagovó é uma moça muito inteligente, sobre o casamento ela diz que Deus enviou a você uma nova provação. Que seja. Na vida em família, não há só alegrias, mas também sofrimentos. Sem isso não é possível.

Para acompanhá-la, Macha e eu fomos umas três verstas a pé; depois, na volta, andamos devagarinho e em silêncio, como se descansássemos. Macha segurava a minha mão, a alma estava leve e já não dava vontade de falar de amor; depois da coroação ficamos ainda mais próximos e íntimos um do outro, e parecia-nos que nada mais podia nos separar.

— A sua irmã é uma moça muito simpática — disse Macha —, mas parece que a fizeram sofrer longamente. O seu pai deve ser um homem terrível.

Comecei a contar-lhe como tinham educado a mim e a minha irmã, e como, na verdade, a nossa infância fora sofrida e estúpida. Ao saber que ainda há pouco o meu pai me batera, ela estremeceu e aproximou-se ainda mais de mim.

— Não conte mais nada — disse ela. — Isso é assustador.

Então ela já não se afastou mais de mim. Morávamos na casa grande, em três cômodos, e à noite trancávamos bem a porta que dava para a parte vazia da casa, como se lá vivesse algum desconhecido, que temíamos. Eu me levantava cedo, ao nascer do sol, e logo punha-me a fazer algum tipo de trabalho. Consertava a sege, abria trilhas no jardim, cavava canteiros, pintava o telhado da casa. Quando chegou a época do plantio de aveia, experimentei arar de novo a terra, semear, e fiz tudo isso com escrúpulo, sem me afastar do trabalho; esgotava-me por causa da chuva, e o vento frio e cortante por muito tempo queimava o meu rosto e pés, à noite sonhava com a terra arada. Mas os trabalhos do campo não me atraíam. Eu não entendia nem gostava de agricultura; talvez isso acontecesse porque os meus antepassados não tinham sido agricultores e em minhas veias corria um puro sangue urbano. Da natureza eu gostava meigamente, amava os campos, as várzeas, as hortas, mas o mujique, que ergue a terra com a gadanha, que açula o pobre cavalo, o mujique esfarrapado, molhado, de pescoço retesado era para mim a expressão de uma força grosseira, selvagem, feia e, olhando os seus movimentos desajeitados, sempre pensava, automaticamente, na vida lendária de um passado distante, em que as pessoas ainda não conheciam o uso do fogo. O touro bravo no meio do rebanho e os cavalos quando corriam pela cidade batendo cascos provocavam-me pavor, e tudo que era grande, forte e bravo, ainda que só um pouco, fosse um carneiro com chifres, um ganso ou um cachorro na corrente, apresentava-se a mim como a mesma expressão de rudeza e selvageria. Essa prevenção tocava-me com especial força no mau tempo, quando sobre o campo negro lavrado pairavam nuvens pesadas. O mais importante, porém, é que, quando eu arava ou semeava e uns dois ou três ficavam de pé, olhando como eu fazia isso, em mim não havia consciência da inevitabilidade, da obrigatoriedade desse trabalho, e parecia-me que eu estava me divertindo. Preferia fazer algo no terreiro de casa e nada me agradava mais do que pintar o telhado.

Passando pelo terreiro e pela várzea, eu chegava ao nosso moinho. Estava arrendado para Stepan, um mujique de

Kurílovka, bonito, amorenado, de barba preta cerrada — um fortão na aparência. Da atividade de moagem ele não gostava, considerava-a monótona e desvantajosa, morava no moinho apenas para não ter de ficar em casa. Fazia correias e cabrestos, e dele sempre se desprendia um cheiro agradável de resina e couro. Não gostava de conversar, era mole, lento e o tempo todo cantarolava "u-liu-liu-liu", sentado na beira do rio ou na soleira da porta. Às vezes a esposa e a sogra vinham de Kurílovka visitá-lo, ambas de pele branca, langorosas, dóceis; faziam-lhe reverências profundas e tratavam-no por "o senhor, Stepan Petróvitch". Enquanto ele, sem responder a suas reverências nem com movimentos, nem com palavras, sentava-se à margem do rio e cantarolava baixinho: "u-liu-liu-liu". Passava uma, duas horas em silêncio. A sogra e a esposa cochichavam entre si, levantavam-se e ficavam olhando para ele por algum tempo, esperando que ele lhes voltasse o olhar, depois faziam uma reverência profunda e diziam com voz doce e melodiosa:

— Adeus, Stepan Petróvitch!

E partiam. Depois disso, recolhendo a trouxa com rosquinhas ou uma camisa, Stepan suspirava e dizia, depois de uma piscadela na direção das duas:

— Sexo feminino!

O moinho de duas mós funcionava dia e noite. Eu ajudava Stepan, gostava disso, e quando ele partiu não se sabe pra onde, com gosto fiquei em seu lugar.

XI

Depois do tempo quente e claro, entrou a época do lamaçal; maio inteiro caiu chuva, fez frio. O som das rodas do moinho e da chuva predispunham à preguiça e ao sono. O assoalho trepidava, cheirava a farinha, e isso também provocava modorra. A minha mulher, de casaco curto e galochas masculinas de cano alto, aparecia umas duas vezes ao dia e dizia sempre a mesma coisa:

— E chamam isso de verão! Pior do que em outubro!

Juntos tomávamos chá, fazíamos mingau ou ficávamos sentados horas inteiras em silêncio, esperando que a chuva parasse. Certa vez, quando Stepan foi para uma feira, Macha passou a noite toda no moinho. Ao levantarmos, não sabíamos dizer que horas eram, uma vez que as nuvens de chuva cobriam o céu inteiro; só os galos sonolentos cantavam em Dubiétchnia e os codornizões gritavam na várzea; ainda era muito, muito cedo... A minha mulher e eu descemos até a várzea e puxamos de lá a nassa que na véspera Stepan tinha largado ali. Nela se debatia uma perca grande e, erguendo a pinça, esticava-se um caranguejo.

— Solte-os — disse Macha. — Deixe que sejam felizes.

Uma vez que tínhamos levantado muito cedo e depois não fizéramos nada, esse dia parecia muito longo, o mais longo de minha vida. Quando começou a escurecer, Stepan voltou e eu fui para casa, para a propriedade.

— Hoje o seu pai esteve aqui — disse-me Macha.

— Onde ele está? — perguntei eu.

— Foi embora. Eu não o recebi.

Vendo que fiquei parado e em silêncio, que estava com pena de meu pai, ela disse:

— É preciso ser coerente. Eu não o recebi e ordenei informar-lhe que ele não se incomodasse e não viesse mais nos visitar.

Um minuto depois eu já estava no portão, ia à cidade me explicar com meu pai. No caminho havia lama, estava escorregadio e frio. Pela primeira vez depois do casamento eu ficava triste de repente e, na minha cabeça, esgotada por esse dia longo e cinza, faiscou um pensamento: talvez eu não estivesse vivendo como era preciso. Eu me esgotava, pouco a pouco uma fraqueza espiritual me dominava, uma preguiça, não tinha vontade de me mexer nem de pensar; depois de andar um pouco, dei de ombros e voltei para casa.

No meio do pátio, estava o engenheiro, de casaco de couro com capuz, e disse em voz alta:

— Onde estão os móveis? Havia móveis maravilhosos no estilo do império, havia quadros, havia vasos, mas agora é possível até jogar bola. Eu comprei a propriedade com os móveis, diabos!

Perto dele, amassando nas mãos o próprio chapéu, estava Moissei, funcionário da generala, rapaz de uns vinte e cinco anos, magro, bexiguento, de olhos pequenos e insolentes; uma de suas bochechas era maior do que a outra, como se tivesse se apoiado nela.

— O senhor, vossa excelência, permitiu-se comprar sem móveis — disse ele, indeciso. — Eu lembro, meu senhor.

— Cale-se! — gritou o engenheiro e então enrubesceu, trêmulo, e no jardim o eco repetiu alto o seu grito.

XII

Quando eu cuidava de alguma coisa no jardim ou no terreiro, então Moissei ficava ali perto e, colocando as mãos para trás, preguiçoso e insolente, lançava sobre mim os seus olhinhos pequenos. Isso me irritava a tal ponto que eu largava o trabalho e ia embora.

De Stepan ficamos sabendo que esse Moissei era amante da generala. Eu reparei que, quando iam procurá-la por causa de dinheiro, então se dirigiam primeiro a Moissei, e uma vez vi um mujique, todo preto, devia ser carvoeiro, fazer-lhe uma profunda reverência; às vezes, depois de um cochicho, ele próprio entregava o dinheiro, sem informar à senhora, e daí deduzi que, havendo oportunidade, operava de modo independente, por conta própria.

Ele atirava ali no nosso jardim, sob as janelas; tirava alimentos do nosso sótão; pegava cavalos sem pedir; enquanto isso, ficávamos indignados e começávamos a duvidar de que Dubiétchnia era nossa, e Macha dizia, empalidecendo:

— Será que vamos mesmo ter de viver com esses répteis ainda um ano e meio?

O filho da generala, Ivan Tcheprakóv, trabalhava como cobrador na nossa estrada de ferro. Durante todo o inverno, emagrecera e enfraquecera muito, de modo que com um único cálice já se embebedava e tremia de frio quando estava à sombra. O uniforme de cobrador ele usava com repugnância, tinha vergonha dele, mas considerava o próprio cargo lucrativo, uma vez que podia roubar velas e vendê-las. A minha nova posição despertava nele um sentimento misto de surpresa, inveja e vaga esperança de que com ele pudesse acontecer algo semelhante. Acompanhava Macha com olhares de admiração, perguntava o que eu agora comia de almoço, e em seu rosto emagrecido e feio surgia uma expressão triste e doce, e ele remexia os dedos, como se apalpasse a felicidade.

— Ouça, Alguma Utilidade — dizia ele às pressas, acendendo o cigarro a cada minuto; onde ele parava ficava sempre sujo, pois em um único cigarro ele gastava dezenas de fósforos. — Escute, a minha vida agora é a mais ordinária. E mais importante, qualquer sargento-mor pode gritar "ei, cobrador!" e me tratar por tu. Cansei de ouvir nos vagões, meu irmão, todo tipo de coisa, e compreendi, sabe: a vida é uma droga! A minha mãe acabou com a minha vida! Um médico me explicou no vagão do trem: se os pais são inconstantes, as crianças saem bêbadas ou criminosas. Então é isso!

Uma vez ele chegou ao pátio cambaleando. Os seus olhos vagavam sem sentido, tinha a respiração pesada; ria, chorava e dizia alguma coisa, como em um delírio febril, e em sua fala confusa eu compreendia apenas as palavras "Minha mãe! Onde está a minha mãe?", que ele pronunciava em meio ao choro, como uma criança que se perdera da mãe na multidão. Eu o levei para o jardim e ajeitei-o lá, sob uma árvore; depois, o dia e a noite toda, Macha e eu, alternadamente, ficamos sentados perto dele. Ele se sentia mal, e Macha com aversão olhava para o seu rosto pálido e molhado e dizia:

— Será que esses répteis vão morar em nosso pátio ainda um ano e meio? Que horror! Que horror!

Quantos desgostos nos causaram os camponeses! Quantos desapontamentos profundos já nos primeiros tempos, nos meses da primavera, quando tanto queríamos ser felizes! A minha esposa estava construindo uma escola. Eu esbocei a planta da escola para sessenta meninos, e a administração local aprovou-o, mas aconselhou construir em Kurílovka, um povoado grande, que ficava a três verstas de nós; a propósito, a escola de Kurílovka, na qual estudavam crianças de quatro aldeias, inclusive da nossa Dubiétchnia, era velha e apertada, e pelo piso apodrecido já andavam com cautela. No final de março, por vontade própria, Macha foi indicada como curadora da escola de Kurílovka, e no início de abril três vezes reunimos o conselho e tentamos convencer os camponeses de que a escola estava apertada e velha e era necessário construir uma nova. Vieram um membro da administração local e um inspetor de estabelecimentos populares, e eles também tentaram convencê-los. Depois de cada conselho, cercavam-nos e pediam dinheiro para um galão de vodca; sentíamos calor no meio da multidão, logo nos esgotávamos e voltávamos para casa insatisfeitos e um tanto confusos. No final das contas, os mujiques destinaram um terreno para a construção da escola e assumiram o compromisso de buscar na cidade, em seus cavalos, todo o material de construção. E assim que puseram fim ao plantio de primavera, já no primeiro domingo, de Kurílovka e Dubiétchnia, partiram carroças a fim de buscar os tijolos para o alicerce. Saíram bem cedo, com a aurora, mas voltaram tarde da noite; os mujiques chegaram bêbados e disseram-se mortos de cansados.

Como que de propósito, as chuvas e o frio continuaram maio inteiro. A estrada deteriorou, virou lama. As carroças que voltavam da cidade normalmente passavam pelo nosso pátio — era um horror! Eis que nos portões aparecia um cavalo pançudo, com as pernas da frente escanchadas; antes de entrar no pátio, ele se inclinava; a custo arrastava na carroceria a tora de doze *archins*,[25] molhada, visivelmente putrefata; ao lado dele, agasalhado por causa da chuva, sem olhar aonde pisava, sem contornar as poças, vinha caminhando um

[25] Medida equivalente a 0,71 m. (N. da T.)

mujique com a ponta do casaco enfiada no cinto. Aparecia outra carroça, com ripas; depois uma terceira, com uma tora; uma quarta... e o espaço em frente à casa aos poucos entulhava-se de cavalos, toras, ripas. Mujiques e mulheres com a cabeça toda coberta e vestidos arregaçados, olhando desabridamente as nossas janelas, fazendo barulho, exigiam a presença da senhora; ouviam-se xingamentos grosseiros. Enquanto isso, Moissei ficava ali perto, e parecia-nos que se deliciava com a nossa vergonha.

— Não vamos trazer mais nada! — gritavam os mujiques. — Isso é uma tortura! Que vá você mesma e traga!

Macha, pálida, perplexa, pensando que logo iriam arrombar a casa, mandava buscar um galão; depois disso o barulho diminuía, e as toras longas, uma após a outra, arrastavam-se para fora do pátio.

Quando eu me preparava para ir ver a obra, a minha mulher se preocupava e dizia:

— Os mujiques estão furiosos. Podem até fazer alguma coisa com você. Não, é melhor esperar, eu vou junto.

Íamos para Kurílovka juntos, e lá os carpinteiros pediam-nos algum para o chá. A armação já estava pronta, agora era hora de fazer o alicerce, mas os pedreiros ainda não tinham chegado; houve um atraso, e os carpinteiros reclamavam aos murmúrios. Mas, quando finalmente chegaram os pedreiros, viram que não havia areia: não sei por que esquecemos que seria necessária. Valendo-se da nossa situação sem saída, os mujiques pediram trinta copeques por viagem, embora da construção até o rio, onde se pegava areia, não desse nem um quarto de versta, e ao todo precisariam fazer mais de quinhentas viagens. Não tinham fim esses desentendimentos, xingamentos e a mendigação, a minha mulher indignava-se, e o pedreiro empreiteiro, Tit Petrov, um velho de setenta anos, segurou-a pelo braço e disse:

— Veja bem! Veja bem! É só você trazer areia, e eu dou

jeito de arranjar uns dez homens de uma vez, em dois dias está tudo pronto! Veja bem!

Mas trouxeram a areia, passaram-se dois dias, quatro dias, uma semana, e no lugar do futuro alicerce ainda havia um canal aberto.

— É de enlouquecer! — inquietava-se a minha esposa — Que povo é esse! Que povo é esse!

Na época desses infortúnios o engenheiro Víktor Iványtch veio nos visitar. Trouxe consigo pacotes com vinhos e petiscos, comia longamente e depois deitava-se para dormir no terraço e roncava, de modo que os operários balançavam a cabeça e diziam:

— Que coisa!

Macha não ficou satisfeita com a sua chegada, não confiava nele, mas ao mesmo tempo, pedia-lhe conselhos; depois do almoço, quando já estava cansado de dormir e levantava-se de mau humor, começava a falar mal da nossa propriedade ou dizia-se pesaroso por ter comprado Dubiétchnia, que já lhe trouxera tantos prejuízos, então o rosto da pobre Macha demonstrava tristeza; ela reclamava com ele, ele bocejava e dizia que era preciso bater nos mujiques.

O nosso casamento e a nossa vida ele chamava de comédia, dizia que era um capricho, uma mimalhice.

— Com ela já aconteceu coisa similar — contava-me a respeito de Macha. — Certa vez imaginou-se cantora de ópera e saiu de casa; eu a procurei por dois meses e, queridíssimo, só em telegramas gastei mil rublos.

Ele já não me chamava de sectário, nem de senhor pintor, e não aprovava mais a minha vida de operário, como antes, mas dizia:

— O senhor é um homem estranho! O senhor não é normal! Temo prever, mas o senhor terminará mal!

Macha dormia mal à noite e o tempo todo pensava em algo, sentada à janela de nosso quarto. Já não havia risos na hora do jantar, nem caretas graciosas. Eu sofria, e quando caía chuva, cada gota cravava-se em meu coração, como chumbinho, e estava pronto a cair de joelhos diante de Macha e desculpar-me pelo tempo. Quando no pátio os mujiques faziam barulho, também me sentia culpado. Por horas inteiras, ficava sentado num único lugar, pensando apenas em que pessoa extraordinária era a Macha, que pessoa maravilhosa. Eu a amava com paixão e encantava-me com tudo que ela fazia e com tudo que ela dizia. Ela tinha inclinação para tarefas silenciosas de gabinete, gostava de ler longamente, de estudar; conhecendo administração de propriedades apenas por livros, surpreendia a todos nós com os seus conhecimentos, dos conselhos que dava, todos serviam e nem um deles se perdia sem utilidade. E, além disso, quanta nobreza, gosto e benevolência, aquela mesma benevolência que existe apenas em pessoas muito bem-educadas!

Para essa mulher, com uma inteligência saudável e positiva, a situação caótica em que agora vivíamos, com preocupações miúdas e mesquinharias, era torturante; eu via isso e não conseguia dormir à noite, a minha cabeça não parava de funcionar e lágrimas subiam-me à garganta. Eu vagava, sem saber o que fazer.

Ia a galope até a cidade e trazia para Macha livros, jornais, bombons, flores; pescava junto com Stepan, passava horas inteiras vagando pela água fria até o pescoço, sob chuva, para pegar um peixe especial e variar a nossa mesa; com humildade, pedia aos mujiques que não fizessem barulho, servia-lhes vodca, subornava-os, fazia diversas promessas. E quantas besteiras mais não fiz!

As chuvas, finalmente, pararam, a terra secou. Levantávamos cedo, umas quatro horas da manhã, saíamos ao jardim — o orvalho brilhava nas flores, os pássaros e os insetos chilreavam, no céu nem uma nuvenzinha; o jardim, a várzea, o rio eram tão maravilhosos, mas vinha a lembrança dos mujiques, das carroças, do engenheiro! Macha e eu íamos juntos ao campo, numa sege leve, dar uma olhada na aveia. Ela conduzia, eu ia sentado atrás; seus ombros ficavam erguidos e o vento brincava em seus cabelos.

— Mantenha a direita! — gritava ela aos passantes.

— Você parece um cocheiro — disse-lhe eu certa vez.

— Ah, pode ser! Pois o meu avô, pai do engenheiro, era cocheiro. Você não sabia disso? — perguntou ela, voltando-se para mim, e no mesmo instante representou o modo como os cocheiros gritavam e cantavam.

"Graças a Deus!", pensava eu, ouvindo-a. "Graças a Deus!" E de novo a lembrança dos mujiques, das carroças, do engenheiro...

XIII

O doutor Blagovó veio de bicicleta. A minha irmã começou a aparecer com frequência. De novo conversas sobre o trabalho físico, o progresso, o misterioso X, que espera a humanidade em um futuro longínquo. O médico não gostava da administração de nossa propriedade porque isso atrapalhava as discussões, dizia que arar, ceifar, apascentar bezerros não era digno de um homem livre e que, com o tempo, as pessoas deixariam esses tipos grosseiros de luta pela sobrevivência a cargo dos animais e das máquinas, enquanto elas próprias se ocupariam exclusivamente de pesquisas científicas. A minha irmã todo o tempo pedia que a deixassem ir mais cedo para casa e, quando ela ficava até tarde da noite ou pernoitava, a sua inquietação não tinha fim.

— Deus meu, como você ainda é criança! — dizia Macha, em recriminação. — No final é até engraçado.

— Sim, é engraçado — concordava a minha irmã —, eu reconheço que isso é engraçado; mas o que fazer se não tenho forças para me conter? O tempo todo sinto que estou me comportando mal.

Na época da sega do feno, por falta de hábito, doía-me o corpo inteiro; à noite, sentado no terraço com os meus, conversando, eu pegava no sono de repente e riam alto de mim. Acordavam-me e sentavam-me à mesa para jantar, a sonolência dominava-me e eu, como em devaneio, via luzes, rostos, pratos, ouvia vozes e não as compreendia. No entanto, ao me levantar, bem cedo, no mesmo instante pegava a foice ou ia à construção e trabalhava lá o dia todo.

Quando ficava em casa nos feriados, notava que a minha mulher e a minha irmã escondiam-me algo e parecia até que fugiam de mim. A minha mulher era meiga comigo como antes, mas tinha pensamentos seus, que não me comunicava. Não havia dúvida de que a sua irritação com os camponeses crescia, a vida tornava-se para ela cada vez mais pesada, mas, nesse tempo, ela já não reclamava comigo. Agora conversava mais animadamente com o médico do que comigo, e eu não entendia por quê.

Na nossa província havia um costume: na época da sega do feno e da colheita dos cereais, os camponeses reuniam-se no final da tarde no pátio da casa senhorial e então lhes serviam vodca, até as mocinhas tomavam um cálice. Nós não mantínhamos o costume; os cortadores de feno e as moças ficavam no nosso pátio até tarde da noite, esperando a vodca, depois iam embora xingando. Nessa época Macha fechava a cara, mau humorada, e ficava em silêncio ou então dizia ao médico, com irritação, à meia-voz:

— Estúpidos! Petchenegues![26]

Na aldeia, os novatos são recebidos sem hospitalidade, quase como inimigos, como na escola. Assim nos receberam. No início viam-nos como pessoas tolas e simplórias, que tinham comprado uma propriedade apenas por não ter onde meter o dinheiro. Riam de nós. No nosso bosque e até no nosso jardim, mujiques apascentavam os próprios rebanhos, tocavam nossas vacas e cavalos para seus terrenos, na aldeia, e depois vinham exigir compensação por estragos nas plantações. Chegavam ao nosso pátio comunidades inteiras e comunicavam-nos ruidosamente que, quando cortáramos o fe-

[26] Tribos turcas que erravam pelo sudeste da Europa nos séculos IX a XI. (N. da T.)

no, tínhamos invadido parte de uma tal Bychéievka ou Semenikha que não nos pertencia; uma vez que não conhecíamos ainda os limites de nossa terra, acreditávamos na palavra deles e pagávamos a multa; depois descobríamos que ceifáramos corretamente. No nosso bosque, descortiçavam as tiliazinhas. Um mujique de Dubiétchnia, um *kulak*,[27] que comercializava vodca sem licença, subornava os nossos empregados e junto com eles enganava-nos da forma mais traiçoeira: trocava as rodas novas das carroças por velhas, pegava as coalheiras de nossos arados e as vendia para nós mesmos etc. Porém o mais ofensivo de tudo acontecia em Kurílovka, na obra; lá, à noite, as moças roubavam ripas, tijolos, ladrilhos, ferro; o estaroste, com testemunhas, dava buscas na propriedade deles, a assembleia multava cada um em dois rublos, e depois todo mundo bebia o dinheiro dessas multas.

Quando Macha soube disso, passou a dizer com indignação ao médico e à minha irmã:

— Que animais! Isso é um horror! Um horror!

E mais de uma vez ouvi como ela expressava pesar pela ideia de construir a escola.

— Compreenda — tentava convencê-la o médico —, compreenda que, se vocês construírem essa escola e fizerem o bem em geral, será não para os mujiques, mas em nome da cultura, em nome do futuro. E quanto piores são esses mujiques, mais motivos há para construir a escola. Compreenda!

Em sua voz, no entanto, ouvia-se uma incerteza, e parecia-me que ele, junto com Macha, odiava os mujiques.

Macha ia com frequência ao moinho e levava com ela a minha irmã; as duas diziam, rindo, que iam ver Stepan, aquele homem bonito. Revelou-se que Stepan era lerdo e taciturno apenas com mujiques, no meio de mulheres comportava-se com desembaraço e falava pelos cotovelos. Certa vez em

[27] Camponês rico, que explorava outros mais pobres. (N. da T.)

que fui tomar banho de rio, sem querer ouvi uma conversa. Macha e Kleopatra, as duas de vestido branco, estavam sentadas na margem, sob um salgueiro, numa sombra larga, enquanto de pé ali perto, com as mãos pra trás, Stepan dizia:

— Mujique é o quê? Gente? Num é gente, desculpe, é bicho, charlatão. Como é que é a vida do mujique? É só bebida, boia mais barata e na taverna bater boca sem sentido; e não tem conversa boa, nem bom tratamento, nem formalidade, é tudo assim, sem respeito! E ele vive na sujeira, a mulher na sujeira, os filhos na sujeira, onde cai é que dorme, tira batata da sopa direto com os dedos, toma *kvas* com barata — e até sem soprá-la para fora!

— Pobreza, ora! — intercedeu a minha irmã.

— Pobreza que nada! Necessidade, isso é mesmo, mas há necessidades e necessidades, senhora. Pois se a pessoa está no cárcere, ou então, digamos, é cego ou sem pernas, então isso sim, que Deus nos proteja a todos, mas se é um homem livre, dono do seu juízo, tem olhos e braços, tem força, tem Deus, então que mais pode querer? Isso é mimo, senhora, ignorância, e não pobreza. Pois se as senhoras, vamos supor, pessoas boas, pela sua educação, por misericórdia, querem dar a ele algum recurso, ele pega e bebe o seu dinheiro todo na maior vileza, ou então, o que é pior, abre um estabelecimento de bebidas e com o dinheiro das senhoras começa a roubar o povo. A senhora se permite dizer — pobreza. Mas por acaso mujique rico vive melhor? Também vive, desculpe, como um porco. Um grosseirão, um garganta, um cepo, passa pela rua ocupando o caminho todo, tem a fuça inchada, vermelha, parece que levantaram a mão e deram nele, canalha. Veja o Larion, de Dubiétchnia, também é rico, mas decerto pega entrecasca no seu bosque não menos do que o pobre; é um brigador, e os meninos dele são brigadores, e quando bebe além da conta, enfia o nariz na lama e dorme. Todos eles, senhora, são imprestáveis. Viver com eles na aldeia é como no inferno. Eu já estava com ela, essa tal de aldeia, pelo pescoço, e agradeço ao senhor, rei dos céus, porque estou alimentado, vestido, cumpri o meu prazo nos dragões da cavalaria, fui estaroste durante três anos, e agora sou um cossaco livre: vivo onde quero. Na aldeia não quero morar, e ninguém tem o direito de me obrigar. A esposa, dizem. Você é obrigado a morar com a esposa na isbá, dizem. Mas por que isso? Não fui contratado por ela.

— Diga, Stepan, o senhor casou por amor? — perguntou Macha.

— E na aldeia tem algum amor? — respondeu Stepan, com um sorriso. — Pessoalmente, senhora, se lhe interessa saber, sou casado pela segunda vez. E não sou de Kurílovka, mas de Zalegosch, mas em Kurílovka depois me pegaram pra genro. Quer dizer, o pai não queria dividir o seu com os filhos — ao todo éramos cinco irmãos, eu disse adeus e dei no pé, fui pra uma outra aldeia, procurar casamento. Mas a minha primeira esposa morreu cedo.

— De quê?

— De bobagem. Acontecia de ficar chorando, chorando o tempo inteiro, à toa, foi indo e pegou tuberculose. O tempo todo bebia umas ervas pra embonitar, deve que foi isso, estragou por dentro. E a minha segunda mulher, de Kurílovka, como é? Uma caipira, igual ao mujique, e mais nada. Quando arranjaram essa pra mim, caí na rede: pensei, é moça, branquinha, vivem com asseio. A mãe dela parece uma *khlystovka*[28] e toma café, mas o mais importante, sabe, é que vivem com asseio. Aí casei; pois no dia seguinte sentamos pra almoçar, eu pedi à sogra pra me passar uma colher, ela me passou a colher, mas limpou com o dedo, que eu vi. Eis aí, pensei, muito boa essa limpeza. Vivi com elas um ano e fui

[28] Da seita cristã *khlystovstvo*, surgida na Rússia no século XVII, que repudiava os ritos ortodoxos e pregava a autoflagelação. (N. da T.)

embora. Eu podia ter casado com uma da cidade — continuou ele, depois de um tempo em silêncio. — Dizem que a esposa é ajudante do marido. Pra que vou querer ajudante, se eu mesmo me ajudo? Melhor era conversar comigo, mas não assim, tudo nesse nhe-nhe-nhem, mas com circunstância, com sensibilidade. Sem uma boa conversa — o que é a vida!

Stepan calou-se de repente, e no mesmo instante soou o seu entediante e monótono "u-liu-liu-liu". Isso queria dizer que ele tinha me visto.

Macha ia constantemente ao moinho, e nas conversas com Stepan, pelo visto, encontrava prazer; Stepan xingava os mujiques com tanta sinceridade e convicção que ela se sentia atraída por ele. Quando voltava do moinho, toda vez o mujique bobinho, que cuidava do jardim, gritava ao vê-la passar:

— Moça de roupa rasgada! Salve, moça de roupa rasgada! — e latia como um cão. — Au-au! Au-au!

Então ela parava e olhava para ele com atenção, como se no latido desse bobinho tivesse encontrado a resposta para os próprios pensamentos e, provavelmente, este a atraía tanto quanto o xingamento de Stepan. Enquanto isso, em casa uma novidade a esperava, por exemplo, os gansos da aldeia tinham pisoteado o canteiro de repolho ou Larion tinha roubado um arreio, e ela dizia, dando de ombros, com um risinho:

— O que podemos esperar dessas pessoas!?

Ficava indignada e sua alma pesava ainda mais, enquanto eu me acostumava aos mujiques e sentia-me cada vez mais atraído por eles. Em sua maioria, eram pessoas nervosas, irritadas, ofendidas; eram pessoas com imaginação reprimida, desrespeitosas, de horizonte estreito, opaco, o tempo todo com os mesmos pensamentos e temas sobre a terra cinzenta, os dias cinzentos, o pão preto, pessoas que aprontavam, mas, como passarinhos, escondiam atrás da árvore só a cabeça, não sabiam fazer contas. Vinham ceifar o feno não por vinte rublos, mas por meio galão de vodca, embora com vinte rublos pudessem comprar quatro galões. Na verdade, havia realmente sujeira, bebedeira, ignorância e enganações, porém, ainda assim, sentia-se que a vida do mujique, em geral, sustentava-se em uma haste forte e saudável. Por mais que parecesse uma fera desajeitada ao andar com seu arado de madeira, por mais que se entorpecesse de vodca, ainda assim, observando-o de perto, sentia-se que nele havia algo necessário e muito importante, que não havia, por exemplo, em Macha ou no médico, a saber, ele acreditava que o mais importante nesta terra era a verdade e que a salvação dele e de todo o povo estava apenas na verdade e por isso amava a justiça mais do que tudo no mundo. Eu dizia à minha mulher que ela via a mancha no vidro, mas não via o vidro; em resposta, ela se calava ou cantarolava, como Stepan, "u-liu-liu-liu"... Quando essa mulher bondosa e inteligente empalidecia de indignação e com tremor na voz conversava com o doutor sobre bebedeiras e enganações, a sua falta de memória deixava-me perplexo, me impressionava. Como ela podia se esquecer de que o próprio pai, o engenheiro, também bebia, bebia muito e que o dinheiro usado para comprar Dubiétchnia tinha sido adquirido por uma série inteira de fraudes descaradas e desonestas? Como ela podia esquecer?

XIV

A minha irmã também vivia a sua vida particular, cuidadosamente escondida de mim. Cochichava com frequência com Macha. Quando eu me aproximava dela, encolhia-se inteira, e o seu olhar tornava-se culpado, suplicante; pelo visto, em sua alma estava acontecendo algo que ela temia ou de que se envergonhava. Para não me encontrar por acaso no jardim nem ficar sozinha comigo, todo o tempo mantinha-se perto de Macha, e eu raramente tinha oportunidade de falar com ela, apenas no almoço.

Certa vez, no final da tarde, passei em silêncio pelo jardim, voltando da obra. Já começava a escurecer. Sem me notar, sem ouvir meus passos, a minha irmã caminhava perto da velha e frondosa macieira, em total silêncio, como um fantasma. Estava de preto e andava rápido, em linha reta, de lá para cá, olhando o chão. Da árvore caiu uma maçã, e ela estremeceu por causa do barulho, parou e levou as mãos às têmporas. Nesse exato instante aproximei-me dela.

Num impulso de amor e carinho, que de repente derramavam-se em meu coração, com lágrimas, lembrando, não sei bem por que, a nossa mãe, a nossa infância, enlacei os seus ombros e beijei-a.

— O que foi? — perguntei. — Você está sofrendo, há muito percebo isso. Diga, o que foi?

— Estou com medo — disse ela, trêmula.

— O que foi? — procurei saber. — Pelo amor de Deus, seja sincera!

— Eu vou ser, vou ser sincera, direi a você toda a verdade. Esconder de você — é tão difícil, tão sofrido! Missail, eu estou amando... — continuou ela, num murmúrio. — Estou amando, estou amando... Sou feliz, mas, não sei por quê, tenho muito medo!

Ouviram-se passos, entre as árvores apareceu o doutor Blagovó, de camisa de seda e botas de cano alto. Pelo visto, tinham marcado um encontro ali perto da macieira. Ao vê-lo, ela se lançou em seus braços num impulso, com um grito dolorido, como se o arrancassem dela:

— Vladímir! Vladímir!

Ela se apertou contra ele e com avidez olhava o seu rosto, e só agora eu notava como ela tinha emagrecido e empalidecido nos últimos tempos. Notava-se isso principalmente por sua gola rendada, que eu conhecia há tanto tempo e que agora, mais solta do que nunca, envolvia o seu pescoço fino e comprido. O médico perturbou-se, mas logo se refez e disse, acariciando os cabelos dela:

— Ora, chega, chega... Pra que ficar tão nervosa? Veja, cheguei.

Nós nos calamos, olhando acanhados um para o outro. Depois fomos juntos, nós três, e eu ouvia o doutor me dizendo:

— A vida cultural ainda não começou por aqui. Os velhos consolam-se com o fato de que, se agora não há nada, houve alguma coisa nos anos quarenta ou sessenta; isso é coisa de velho, nós somos jovens, nossos cérebros ainda não foram tocados pelo *marasmus senilis*, não podemos nos consolar com tais ilusões. O início da Rus aconteceu em 862, mas o início da Rus cultural, pelo que entendo, ainda não aconteceu.[29]

[29] O termo *Rus* refere-se ao primeiro Estado das tribos eslavas orientais, cujo território incluía, *grosso modo*, regiões da atual Rússia, Ucrânia

Eu, porém, não penetrava nessas cogitações. Havia algo de estranho, não queria acreditar que a minha irmã estava apaixonada, que ela estava ali, andando de mãos dados com um estranho, olhando meigamente para ele. A minha irmã, aquele ser nervoso, assustadiço, retraído, sem liberdade, ama um homem que já é casado e tem filhos! Fiquei com pena de alguma coisa, do que exatamente — não sei; por algum motivo a presença do médico já não me era agradável, e eu não conseguia compreender de jeito nenhum em que podia resultar o amor deles.

e Bielorrússia e que tem como data tradicional de fundação o ano de 862. Já no século XIX, esse primeiro período da história russa foi idealizado por certos setores da *intelligentsia*, que passaram a empregar o termo *Rus* como símbolo de um passado glorioso. (N. da T.)

XV

Eu e Macha fomos a Kurílovka para a benção da escola.

— Outono, outono, outono... — dizia baixinho Macha, olhando ao redor. — Passou o verão. Não há mais passarinhos, e apenas os salgueiros estão verdes.

Sim, já tinha passado o verão. Os dias eram claros, cálidos, mas de manhã fazia um friozinho, os pastores já usavam os seus *tulups*,[30] enquanto no nosso pátio, nas rainhas-margaridas, o orvalho não secava em nenhuma hora do dia. O tempo todo ouviam-se sons de lamento, mas não era possível distinguir se venezianas gemiam as suas dobradiças enferrujadas ou se cegonhas voavam — sentia-se algo de bom na alma e tanta vontade de viver!

— O verão passou... — dizia Macha. — Agora nós dois podemos fazer as contas. Trabalhamos tanto, pensamos tanto, ficamos melhor por isso — a nós honra e glória —, obtivemos êxito no aperfeiçoamento pessoal, mas será que esses nossos êxitos tiveram alguma influência visível sobre a vida ao redor, foram úteis ainda que a uma única pessoa? Não. Ignorância, sujeira física, bebedeira, uma taxa assombrosa de mortalidade infantil — tudo continua como antes, e você ter arado e semeado ou eu ter gasto dinheiro e lido livros não melhorou em nada a vida de ninguém. Pelo visto trabalhamos

[30] Casaco de peles grosseiro, de abas longas, geralmente com a parte do pelo virada para dentro e sem acabamento de tecido. (N. da T.)

apenas para nós próprios e deixamos o pensamento ir longe apenas para nós próprios.

Raciocínios desse tipo abatiam-me, e eu não sabia o que pensar.

— Nós, do começo ao fim, fomos sinceros — disse eu —, e quem é sincero está certo.

— Quem vai discutir? Estávamos certos, mas erramos ao colocar em prática aquilo de que estávamos certos. Acima de tudo, os nossos próprios recursos externos — será que não estavam errados? Você quer ser útil às pessoas, mas o simples fato de ter comprado uma propriedade, já desde o início, barra todas as suas possibilidades de fazer-lhes algo de útil. Depois, se você trabalha, se veste e se alimenta como mujique, com a sua autoridade, é como se legitimasse essa roupa pesada e desengonçada, as isbás horríveis, as barbas estúpidas que eles usam... Por outro lado, suponhamos que você trabalhe longamente, muito longamente, a vida inteira e que no final das contas alcance um ou outro resultado prático, mas o que eles, esses seus resultados, o que eles podem contra forças elementares, como a ignorância de gado, a fome, o frio, a degeneração? Uma gota no mar! Aqui são necessários outros meios de luta, fortes, audaciosos, rápidos! Se quiser realmente ser útil, então saia do estreito círculo da atividade comum e procure atuar logo sobre a massa! É necessária, antes de mais nada, uma prédica barulhenta, enérgica. Por que a arte, por exemplo, a música, é tão perene, tão popular e realmente tão forte? Porque o músico ou o cantor atua logo sobre milhares. Querida, querida arte! — continuou ela, olhando o céu, sonhadora. — A arte dá asas e leva-nos longe, longe! Para quem está cansado da sujeira, dos interesses miúdos e mesquinhos, quem está revoltado, ofendido e indigna-se, este pode encontrar sossego e satisfação apenas no maravilhoso.

Quando nos aproximamos de Kurílovka, o tempo estava claro, radiante. Aqui e ali, nos pátios, debulhavam grãos, cheirava a palha de centeio. Além das cercas, as sorveiras vermelhavam vivamente, e as árvores ao redor, aonde quer que olhássemos, estavam todas douradas ou vermelhas. No campanário os sinos tocavam, os ícones eram levados para a escola, e podia-se ouvir o canto: "Mãe zelosa, auxiliadora". E que ar puro, como voavam alto os pombos!

Rezaram o te-déum na sala. Depois os camponeses de Kurílovka ofereceram um ícone a Macha, e os de Dubiétchnia — uma rosca tradicional e um saleiro dourado. E Macha desatou a chorar.

— E se falamos alguma coisa indevida ou se aconteceu algum desagrado, perdão — disse um velho, fazendo uma reverência a ela e a mim.

Quando voltávamos para casa, Macha virou-se para olhar a escola; o telhado verde, pintado por mim e agora brilhante ao sol, podia ser visto de muito longe. Eu sentia que os olhares lançados agora por Macha eram de despedida.

XVI

No final da tarde, ela se arrumou para ir à cidade.

Nos últimos tempos, ia com frequência à cidade e lá pernoitava. Na sua ausência, eu não conseguia trabalhar, os meus braços ficavam inertes, enfraqueciam-se; o nosso pátio grande parecia um deserto desolado e repulsivo, o jardim rumorejava ofendido, e sem ela a casa, as árvores, os cavalos não eram "nossos".

Eu nunca saía de casa, ficava sentado à mesa o tempo todo, perto do seu armário com livros sobre agricultura, aqueles seus ex-favoritos, agora já desnecessários, que me olhavam tão desconcertados. Horas inteiras, enquanto batiam sete, oito, nove, enquanto pelas janelas entrava a noite de outono, negra como fuligem, ficava olhando a sua luva, a pena com que ela sempre escrevia, ou então a pequena tesoura; eu não fazia nada e compreendia claramente que, se antes fizera algo, se lavrara, ceifara, derrubara árvores, então tinha sido apenas porque ela queria isso. E se ela me mandasse limpar um poço fundo, onde eu tivesse de ficar com água até a cintura, eu desceria nesse poço, sem inferir se era preciso ou não. Mas agora, sem ela por perto, Dubiétchnia, com suas ruínas e desordens, com suas venezianas rangentes, com ladrões, noturnos e diurnos, parecia-me um caos, em que qualquer trabalho seria inútil. E para que eu devia trabalhar aqui, para que preocupações e pensamentos sobre o futuro, se eu sentia que o chão me fugia aos pés, que o meu papel aqui, em Dubiétchnia, já estava terminado, que, em resumo, esperava-me a mesma sorte dos livros de agricultura? Oh, que tristeza havia à noite, nas horas de solidão, quando eu a cada minuto apurava o ouvido, agitado, como se esperasse que, de repente, alguém gritasse que era hora de partir. Não tinha pena de Dubiétchnia, tinha pena do meu amor, para o qual, já se via, também chegara o seu outono. Que felicidade enorme amar e ser amado, e que horror sentir que já se começa a ruir junto com essa torre alta!

Macha voltou da cidade no dia seguinte, no final da tarde. Estava insatisfeita com alguma coisa, mas escondia isso e só perguntou por que todas as janelas estavam completamente fechadas, como no inverno — ora, era capaz de morrer asfixiada. Abri parte das janelas. Não tínhamos fome, mas nos sentamos e jantamos.

— Vá lavar as mãos — disse a minha mulher. — Você está fedendo a betume.

Ela trouxera da cidade revistas ilustradas novas, e juntos as examinamos após o jantar. Encontramos suplementos com desenhos de roupas e moldes. Macha olhou todos de passagem e separou-os, para depois examiná-los bem, como se deve, mas um vestido de saia lisa e ampla, como um sino, e mangas grandes chamou a sua atenção, e ela gastou nele um minuto, atenta e séria.

— Este não está mal — disse ela.

— É mesmo, esse vestido ficaria muito bem em você — disse eu. — Muito!

E eu, enternecido, olhava o vestido ternamente, admirando o tecido cinza só porque ela tinha gostado, continuei, com carinho:

— Que vestido maravilhoso, encantador! Magnífica, maravilhosa Macha! Minha Macha querida!

E lágrimas pingavam no desenho.

— Magnífica Macha... — murmurei eu. — Querida e amada Macha...

Ela foi deitar, e eu fiquei ainda uma hora sentado, olhando os desenhos.

— Você abriu as janelas à toa. — disse ela do quarto. — Acho que pode fazer frio. Veja só como está ventando!

Eu li alguma coisa na seção de variedades — sobre a preparação de tintas baratas e sobre o maior brilhante do mundo. De novo caiu em minhas mãos o desenho de moda com o vestido de que ela gostara, e imaginei-a em um baile, de leque, ombros nus, luminosa, elegante, com muito tino para música, também para pintura e para literatura, e como o meu papel parecia-me pequeno e curto!

O nosso encontro, essa nova vida conjugal tinham sido somente episódicos, e não seriam poucos outros desse tipo na vida dessa mulher ativa, rica e talentosa. Tudo o de melhor no mundo, como eu já disse, estava a serviço dela e era recebido inteiramente de graça, inclusive as ideias e o modismo da humildade intelectual serviam-lhe apenas para deleite, para dar variedade à vida, e eu tinha sido só um boleeiro, que a transportara de um divertimento a outro. Agora porém já não era necessário, ela levantava voo e eu ia ficar sozinho.

E como em resposta aos meus pensamentos, no pátio soou um grito desesperado:

— So-cor-ro!

Era uma voz fininha de moça e, como se quisesse arremedá-la, o vento zuniu na chaminé também com voz fina. Passou meio minuto e de novo se ouviu, em meio ao ruído do vento, mas como se fosse do outro lado do pátio:

— So-cor-ro!

— Missail, você está ouvindo? — perguntou baixinho a minha mulher. — Está ouvindo?

Ela saiu do quarto, veio até mim só de camisola, com os cabelos em desalinho, e apurou o ouvido, olhando pela janela escura.

— Estão esganando alguém! — disse ela. — Era o que faltava.

Peguei a espingarda e saí. No pátio estava muito escuro, soprava um vento forte, e era difícil ficar de pé. Caminhei na direção do portão, apurei o ouvido: as árvores rumorejavam, o vento assoviava e, no jardim, por certo na casa do mujique bobinho, um cachorro uivava, preguiçoso. Além do portão, trevas profundas, na linha nem uma única luzinha. E perto daquele anexo onde, no ano anterior, ficava o escritório, de repente soou um grito abafado:

— So-cor-ro!

— Quem está aí? — gritei eu.

Dois homens lutavam. Um empurrava, enquanto o outro firmava-se, e ambos respiravam com dificuldade.

— Solta! — dizia um, e eu reconheci Ivan Tcheprakóv; era ele que gritava com voz fina de moça. — Solta, maldito, senão vou morder sua mão!

No outro reconheci Moissei. Apartei os dois e, nesse momento, não me contive, dei duas bofetadas no rosto de Moissei. Ele caiu, depois se levantou, e eu bati nele mais uma vez.

— Eles queriam me matar — balbuciou ele. — Foram escondidos até perto da cômoda da mamãe... Eu quero trancar os dois no anexo, por segurança, meu senhor.

Mas Tcheprakóv estava bêbado, não me reconheceu e só fazia respirar com dificuldade, como se tomasse fôlego para de novo gritar socorro.

Eu os deixei lá e voltei para casa; a minha mulher estava deitada na cama, já vestida. Contei-lhe o que tinha acontecido no pátio e não escondi nem mesmo que tinha batido em Moissei.

— Dá medo viver na aldeia. — disse ela. — E que noite longa, Deus meu!

— So-cor-ro! — ouviu-se de novo, um pouco depois.

— Vou lá dar um jeito neles — disse eu.

— Não, deixe que um corte fora a garganta do outro — disse ela, com expressão de nojo.

Ela olhava o teto e apurava o ouvido, eu fiquei sentado ao seu lado, sem coragem de conversar com ela, com a sensação de que era eu o culpado do grito de "socorro" no pátio e dessa noite tão longa.

Ficamos em silêncio, e eu esperava com impaciência quando a luz irromperia pelas janelas. Macha o tempo todo olhava como se acabasse de despertar de um desmaio e ficasse surpresa, como ela, inteligente, educada, tão requintada, tinha ido parar nesse pobre deserto provinciano, nessa súcia de pessoas mesquinhas e insignificantes, e como ela podia ter se enganado a ponto de se apaixonar por um desses e ser sua mulher por mais de meio ano. Parecia-me que, para ela, não fazia mais diferença, eu, Moissei ou Tchepraków; para ela tudo se fundia nesse "socorro" bêbado e selvagem — eu, o nosso casamento, a nossa propriedade, o lamaçal do outono; e quando ela suspirava ou se mexia para buscar uma posição mais cômoda, eu lia em seu rosto: "Oh, que amanheça logo".

De manhã ela partiu.

Fiquei em Dubiétchnia ainda três dias, esperando por ela, depois juntei todas as nossas coisas em um cômodo, tranquei-o e fui para a cidade. Quando telefonei para a casa do engenheiro, já era noite e as luzes brilhavam na nossa Bolchaia Dvoriánskaia. Pável disse-me que não havia ninguém em casa: Víktor Iványtch viajara para Petersburgo e Maria Víktorovna devia estar na casa dos Ajóguin, no ensaio. Lembro-me como me sentia apreensivo ao seguir na direção dos Ajóguin, como o meu coração batia e parava, enquanto eu subia as escadas e permanecia longamente no patamar, sem coragem de entrar naquele templo de musas! Na sala, na mesinha, no piano de cauda, no palco, ardiam velas, sempre em três, e o primeiro espetáculo tinha sido marcado para o dia treze, e agora o primeiro ensaio era na segunda-feira — dia de azar. A luta contra superstições e preconceitos! Todos os amantes da arte cênica já reunidos; a mais velha, a do meio e a mais nova andavam pelo palco, lendo os seus papéis no caderninho. Apartado de todos, imóvel, estava Riedka, com a têmpora encostada à parede, enlevado, olhando o palco, esperando o início do ensaio. Tudo como antes!

Eu me dirigi à dona da casa — era preciso cumprimentá-la, mas, de repente, todos me mandaram calar, gesticularam para que eu não fizesse barulho com os pés. Fez-se silêncio. Ergueram a tampa do piano, uma dama sentou-se, apertando os seus olhos míopes para ver as notas, do piano aproximou-se a minha Macha, bem-vestida, bonita, porém bonita de outro modo, novo, nem um pouco parecida com aquela Macha que na primavera encontrava-se comigo no moinho; começou a cantar:

Por que a amo, noite clara?

Em todo o tempo desde que nos conhecemos, foi a primeira vez que ouvi como ela cantava. Tinha uma boa voz, sonora e forte, e enquanto ela cantava, tive a sensação de comer um melão bem maduro, doce, cheiroso. Eis que ela terminou, aplaudiram-na, e ela sorriu muito satisfeita, cintilando os olhos, folheando as notas, arrumando o vestido, como uma ave que finalmente fugiu da gaiola e ajeita as asas em liberdade. Os seus cabelos estavam penteados sobre as orelhas, em seu rosto havia uma expressão má, provocadora, como se ela quisesse lançar a todos nós um desafio ou então gritar, como para cavalos: "Eia, meus queridos!".

E é provável que nessa hora estivesse muito parecida com o avô cocheiro.

— Você também está aqui? — perguntou ela, dando-me a mão. — Ouviu-me cantando? Então, o que acha? — e sem esperar a minha resposta, continuou: — Muito a propósito você está aqui. Hoje à noite viajarei para Petersburgo, por pouco tempo. Você me deixa ir?

À meia-noite levei-a à estação. Ela me abraçou ternamente, provavelmente por gratidão, por eu não ter feito perguntas desnecessárias, e prometeu escrever; apertei as suas mãos longamente, beijei-as, mal segurando as lágrimas, sem lhe dizer nem uma palavra.

Quando ela partiu, fiquei parado, de pé, olhando as luzes que se afastavam; eu a acariciava em pensamento e dizia:

— Minha querida Macha, magnífica Macha...

Pernoitei em Makárikha, na casa da Kárpovna, e logo de manhã, junto com Riedka, já forrava móveis de um comerciante rico, que dera a filha em casamento a um médico.

XVII

No domingo, depois do almoço, a minha irmã veio me visitar e tomou chá comigo.

— Agora leio muito — disse ela, mostrando-me livros que, antes de ir para minha casa, pegara na biblioteca municipal. — Agradeço a sua mulher e ao Vladímir, eles despertaram em mim o autoconhecimento. Eles me salvaram, fizeram com que eu me sentisse um ser humano. Antes acontecia de não dormir à noite por causa de diversas preocupações: "ai, nesta semana gastamos açúcar demais! ai, será que salgamos demais os pepinos!". Agora também não durmo, mas já tenho outros pensamentos. Sofro porque gastei metade da vida de modo tão estúpido, sem ânimo. O meu passado eu desprezo, tenho vergonha dele, e agora vejo papai como inimigo. Oh, como sou grata à sua esposa! E Vladímir? Que homem maravilhoso! Eles abriram os meus olhos.

— Não é bom passar as noites sem dormir — disse eu.

— Você acha que estou doente? Nem um pouco. Vladímir auscultou-me e disse que estou inteiramente saudável. Mas a questão aqui não é a saúde, isso não é tão importante... Diga-me: estou certa?

Ela precisava de apoio moral — isso estava claro, Macha partira, o doutor Blagovó estava em Petersburgo, e na cidade não restara ninguém, além de mim, que pudesse lhe dizer que estava certa. Ela olhava para mim fixamente, tentando ler meus pensamentos secretos, e se eu diante dela ficasse pensativo ou me calasse, então tomaria isso como culpa sua e ficaria triste. Era preciso estar mais atento o tempo todo, quando ela me perguntava se estava certa, então às pressas eu respondia que estava e que eu a respeitava muito profundamente.

— Sabe de uma coisa? Deram-me um papel na casa dos Ajóguin — continuou ela. — Quero representar no palco. Quero viver, em resumo, quero beber do cálice cheio. Talento não tenho nenhum, e o papel tem ao todo dez linhas, mas, de qualquer modo, é imensamente mais elevado e nobre do que servir chá cinco vezes ao dia ou espionar a cozinheira para ver se está comendo um pedaço a mais. E o mais importante, que papai finalmente veja que eu também sou capaz de protestar.

Depois do chá, deitou-se na minha cama e ficou ali algum tempo, de olhos fechados, muito pálida.

— Que fraqueza! — exclamou ela, levantando-se. — Vladímir disse que todas as mulheres e moças da cidade são anêmicas por causa da falta de ocupação. Que homem inteligente, o Vladímir! Ele está certo, infinitamente certo. É preciso trabalhar!

Daí a dois dias, ela foi ao ensaio na casa dos Ajóguin, com um caderninho. Estava de vestido preto, um fio de corais no pescoço, um broche que de longe parecia um pastelzinho folhado e nas orelhas brincos grandes, nos quais reluzia um brilhante. Quando olhei para ela, fiquei sem jeito: surpreendeu-me o mau gosto. O fato de que usava brincos de brilhante sem nenhum propósito e estava vestida de modo estranho, também outros notaram; eu vi sorrisos nos rostos e ouvi quando alguém disse, rindo:

— Kleopatra do Egito.

Ela tentava se mostrar sociável, desembaraçada, imperturbável e por isso ficava afetada e estranha. A simplicidade e a meiguice haviam desaparecido.

— Agora mesmo comuniquei ao meu pai que vinha ao ensaio — começou ela, aproximando-se de mim — e ele gritou que me priva de sua benção e por pouco não me bateu. Imagine, eu não decorei o meu papel — disse ela, dando uma olhada no caderninho. — Com certeza vou perder o rumo. Então a sorte está lançada — continuou ela, muito agitada. — A sorte está lançada...

Parecia-lhe que todos olhavam para ela e todos se admiravam do importante passo que ela decidira dar, que todos esperavam dela algo especial, e convencê-la de que em pessoas pequenas e desinteressantes, como ela e eu, ninguém prestava atenção, era impossível.

Até o terceiro ato ela não tinha o que fazer, e o seu papel de visita, de comadre provinciana, resumia-se em que ela devia ficar junto da porta, como se tentasse escutar algo, e depois dizer um monólogo curto. Antes da sua entrada, que aconteceria daí a pelo menos uma hora e meia, enquanto no palco andavam, liam, tomavam chá, discutiam, ela não saía de perto de mim e o tempo todo balbuciava o seu papel e amassava o caderninho; imaginando que todos olhavam para ela e esperavam a sua entrada, com a mão trêmula ajeitava os cabelos e dizia-me:

— Com certeza vou perder o rumo... Estou sentindo um peso na alma, se você soubesse! Tenho tanto pavor, como se me levassem agora para a pena de morte.

Finalmente, chegou a vez dela.

— Kleopatra Alekséievna — é a senhora! — disse o diretor.

Ela foi até o meio do palco, com expressão de pavor no rosto, feia, angulosa, ficou meio minuto ali parada, como pedra, imóvel, e só os brincos grandes balançavam sob as orelhas.

— Na primeira vez pode ler no caderninho — disse alguém.

Para mim estava claro que ela tremia e por causa da tremedeira não conseguia falar nem abrir o caderninho, e que o papel não era para ela, e eu já queria ir até lá e dizer-lhe alguma coisa, quando ela, de repente, deixou-se cair de joelhos no palco e desatou a chorar alto.

Todos se movimentaram, todos se alvoroçaram ao redor, apenas eu fiquei parado, apoiado nos bastidores, pasmo com o que tinha acontecido, sem entender, sem saber o que fazer. Vi que a ergueram e a levaram. Vi Aniuta Blagovó aproximar-se de mim; antes não a tinha visto na sala, e agora era como se tivesse surgido da terra. Usava chapéu e véu, e como sempre tinha a aparência de quem estava de passagem, só por um minuto.

— Eu lhe disse que não devia atuar — falou ela, ofendida, pronunciando as palavras entrecortadas e enrubescendo. — É uma loucura! O senhor devia ter impedido!

Às pressas aproximou-se a Ajóguina-mãe, com uma blusinha curta, de mangas curtas, e cinza de cigarro no peito, magra e estreita.

— Meu amigo, isso é horrível — dizia ela, retorcendo as mãos, e, como de hábito, olhando-me fixamente o rosto. — Isso é horrível! A sua irmã está em uma situação... ela está grávida! Leva-a daqui, eu lhe peço...

Ela mal conseguia respirar de aflição. Enquanto isso, à parte, estavam as três filhas, exatamente iguais a ela, magras e estreitas; assustadas apertavam-se uma à outra. Estavam alarmadas, aturdidas, parecia que em sua casa tinham acabado de capturar um condenado a trabalhos forçados. Que vergonha, que horror! E esta era uma família respeitável, que a vida inteira lutara contra superstições e preconceitos; pelo visto pressupunha que todas as superstições, preconceitos e enganos da humanidade resumiam-se a três velas, ao número treze e ao dia de azar — segunda-feira!

— Peço-lhe... peço... — repetia a senhora Ajóguina, fazendo um biquinho e pronunciando as palavras com afetação. — *Peço-lhe*, leve-a para casa.

XVIII

Daí a pouco, minha irmã e eu estávamos na rua. Eu a cobria com a aba do meu casaco; andávamos depressa, tomando os becos onde não havia lampiões, escondendo-nos de possíveis encontros, e isso parecia uma fuga. Ela já não chorava, olhava para mim de olhos secos. Até Makárikha, para onde a levei, a caminhada era de uns vinte minutos, no máximo, mas, que estranho, num tempo tão curto conseguimos lembrar toda a nossa vida, nós dois discorremos sobre tudo, repensamos a nossa posição, reconsideramos...

Decidimos que não podíamos mais ficar nessa cidade e que, quando eu conseguisse um pouco de dinheiro, mudaríamos para algum outro lugar. Em algumas casas já dormiam, em outras jogavam cartas; odiávamos essas casas, tínhamos medo delas e falávamos do fanatismo, dos afetos grosseiros, da nulidade dessas famílias respeitáveis, desses amantes da arte dramática, a quem tanto assustávamos, e eu perguntava em que essas pessoas estúpidas, rudes, preguiçosas e desonestas eram melhores do que os mujiques bêbados, preconceituosos, supersticiosos de Kurílovka, ou do que os animais, que também se perdem, confusos, quando algum acaso perturba a invariabilidade de sua vida, limitada por instintos. O que aconteceria agora com a minha irmã se ela continuasse a morar em nossa casa? Que martírios morais experimentaria ao conversar com papai, ao se encontrar todo dia com conhecidos? Eu pensava nisso e no mesmo instante vinha-me à lembrança pessoas, todas elas conhecidas, que lentamente tinham acabado com parentes e próximos, vinha-me à lembrança os cães enlouquecidos por causa das torturas, os pardais inteiramente depenados vivos pelos garotos e lançados na água — e uma série longa, muito longa, de sofrimentos prolongados e abafados, que eu observara nessa cidade ininterruptamente desde a infância; e então compreendia de que viviam os sessenta mil moradores, para que liam o Evangelho, para que rezavam, para que liam livros e revistas. Que utilidade tinha para eles tudo o que até então havia sido escrito e dito se dentro deles havia aquela mesma escuridão espiritual e a mesma aversão à liberdade de cem, trezentos anos atrás? O empreiteiro carpinteiro a vida toda constrói casas na cidade e, ainda assim, até a hora da morte, em vez de "galeria" diz "gareria", e assim esses sessenta mil moradores, por muitas gerações, leem e ouvem falar sobre justiça, misericórdia e liberdade, enquanto o tempo todo, até a morte, mentem de manhã até a noite, martirizam uns aos outros, enquanto temem e odeiam a liberdade como a um inimigo.

— Assim, o meu destino está traçado — disse minha irmã, quando chegamos em casa. — Depois do que aconteceu, já não posso voltar lá. Senhor, como isso é bom! A minha alma ficou mais leve.

No mesmo instante ela deitou na cama. Nos cílios brilhavam lágrimas, mas a sua expressão era de felicidade, ela dormiu um sono pesado e doce, e via-se que realmente a sua alma estava leve e ela descansava. Há muito, muito tempo não dormia assim!

E eis que começamos a viver juntos. O tempo todo ela cantava e dizia que se sentia muito bem, e os livros que pegáramos na biblioteca foram devolvidos sem serem lidos, pois ela já não podia ler; queria apenas sonhar e falar sobre o futuro. Enquanto remendava a minha roupa ou ajudava Kárpovna junto ao fogão, ora cantarolava, ora falava do seu Vladímir, da inteligência, das excelentes maneiras, da bondade, da extraordinária erudição, e eu concordava com ela, embora já não gostasse do médico. Ela queria trabalhar, viver de modo independente, às próprias custas, e dizia que ia ser professora ou enfermeira, assim que a saúde permitisse, e limparia o chão, lavaria a roupa. Já amava perdidamente o seu pequeno; ele ainda não tinha vindo ao mundo, mas ela já o conhecia, como eram os seus olhos e as suas mãos e como ele sorria. Ela gostava de falar sobre educação, e como o melhor homem do mundo era Vladímir, as reflexões dela sobre educação levavam à conclusão de que o menino devia ser tão encantador quanto o pai. As conversas não tinham fim e tudo que ela dizia despertava-lhe alegria e entusiasmo. Às vezes eu também me alegrava sem saber por quê.

É provável que ela me contagiasse com o seu espírito sonhador. Eu também não lia nada e apenas sonhava; à noite, apesar do cansaço, andava pelo cômodo de um canto a outro, com as mãos no bolso, e falava sobre Macha.

— O que você acha? — perguntava eu à minha irmã. — Quando ela volta? Acho que vai voltar no Natal, no máximo. O que vai ficar fazendo lá?

— Se ela não lhe escreve, então, é claro, voltará muito em breve.

— É verdade — concordava eu, apesar de saber muito bem que Macha já não tinha por que voltar para nossa cidade.

Eu morria de saudades dela e não podia deixar de me enganar, além disso me esforçava para que os outros também me enganassem. A minha irmã esperava o médico, e eu — Macha, e nós dois conversávamos sem parar, ríamos e não notávamos que atrapalhávamos o sono de Kárpovna, deitada junto ao fogão, balbuciando o tempo todo:

— O samovar apitou de manhã, api-i-tou! Ai, não é coisa boa, queridinhos, não é coisa boa.

Ninguém ia à nossa casa, a não ser o carteiro, que levava à minha irmã cartas do médico, e também Prokofi, que às vezes aparecia no final da tarde; em silêncio olhava para a minha irmã, depois saía e já consigo mesmo, na cozinha, dizia:

— Cada título deve entender da sua ciência, mas quem não quer entender isso por orgulho próprio, a esse — o vale de lágrimas.

Ele gostava da expressão "vale de lágrimas". Certa vez — isso foi já nas festas do Natal — quando eu passava pela feira, ele me chamou até a banca de carne e, sem me estender a mão, comunicou que precisava conversar comigo sobre um negócio muito importante. Estava vermelho do frio e da vodca; perto dele, do outro lado do balcão, estava Nikolka, com o seu rosto de ladrão, segurando uma faca ensanguentada.

— Eu quero expressar-lhe as minhas palavras — começou Prokofi. — Esse acontecimento não pode ocorrer, por que, o senhor entende, por causa desse vale de lágrimas as pessoas não vão elogiar nem nós, nem vocês. A mãezinha, é claro, tem pena e não consegue dizer desagrados, que a sua irmãzinha deve mudar de casa por motivo da sua condição, mas eu não quero mais, porque não posso aprovar o comportamento alheio.

Eu o compreendi e saí da banca. No mesmo dia, minha irmã e eu nos mudamos para a casa de Riedka. Não tínhamos dinheiro para o transporte, fomos a pé; eu levava nas costas uma trouxa com nossas coisas, a minha irmã não tinha nada nas mãos, mas ofegava, tossia e perguntava o tempo todo se já estava chegando.

XIX

Finalmente, chegou uma carta de Macha.

"Meu bom e querido M. A." — escrevia ela —, "bondoso e meigo 'anjo nosso', como diz o mestre de obras, adeus, estou partindo com o meu pai para ver uma exposição na América. Daqui a alguns dias verei o oceano — tão longe de Dubiétchnia, dá medo pensar! É um lugar distante e desmedido, como o céu, e tenho vontade de ir para lá, para a liberdade, estou celebrando, estou delirando, e o senhor pode ver quão desconforme é a minha carta. Meu querido, meu anjo bom, dê-me a liberdade, corte mais depressa o laço que ainda perdura e nos une. Ter encontrado e conhecido o senhor foi uma luz dos céus, que iluminou a minha existência; mas ter me tornado sua mulher foi um erro, o senhor entende, e agora me pesa a consciência do erro, e suplico-lhe de joelhos, meu amigo magnânimo, o mais depressa possível, antes da minha viagem pelo oceano, telegrafe dizendo que concorda em corrigir o nosso erro conjunto, em arrancar essa única pedra de cima de minhas asas, e o meu pai, que tomou a si todos os afazeres, promete-me não sobrecarregá-lo demais com formalidades. Assim sendo, estarei agora em plena liberdade? Sim?

Seja feliz, que Deus o abençoe e perdoe esta pecadora.

Estou animada e com saúde. Estou esbanjando dinheiro, fazendo muitas bobagens e a cada minuto agradeço a Deus que uma mulher ruim como eu não teve filhos. Estou cantando e faço sucesso, mas isso não é distração, não, é o meu cais, a minha cela, para onde vou agora em busca de tranquilidade. O rei Davi tinha um anel com a inscrição: 'Tudo passa'. Na tristeza, essas palavras trazem alegria; na alegria, trazem tristeza. E eu encomendei um anel escrito em hebraico, e esse talismã me mantém afastada de distrações. Tudo passa, a vida também passará, quer dizer, não precisamos de nada. Ou precisamos só da consciência da liberdade, porque quando o homem é livre, ele não precisa de nada, nada, nada.

Rompa pois o laço. Um grande abraço ao senhor e à sua irmã. Perdoe-me e esqueça-me.

Sua M."

A minha irmã estava deitada em um quarto; Riedka, que estivera de novo doente e se recuperava, em outro. Justo no momento em que recebi essa carta, a minha irmã foi em silêncio ao quarto do pintor, sentou-se e começou a ler. Todo dia ela lia para ele Ostróvski ou Gógol, ele ouvia, olhando para um único ponto, sem rir, balançando a cabeça, e de vez em quando resmungava consigo:

— Tudo é possível! Tudo é possível!

Se na peça representava-se algo feio, indecoroso, então dizia, como se com maldade, fincando o dedo no livro:

— Eis aí a mentira! Eis o que a mentira faz!

As peças o atraíam pelo conteúdo, pela moral e por sua complexa construção artística, e ele se surpreendia com o autor, sem nunca dizer o seu nome:

— Como ele ajustou tudo tão bem no lugar!

Nesse dia a minha irmã leu apenas uma página e não conseguiu continuar; faltava-lhe voz. Riedka pegou-lhe a mão e, mexendo os lábios ressecados, disse-lhe com voz roufenha, quase inaudível:

— A alma do justo é branca e lisa, como giz, mas a do pecador é como pedra-pomes. A alma do justo é óleo de linhaça puro, mas a do pecador, breu queimado. É preciso labutar, é preciso penar, é preciso adoentar — continuou ele —, e aquele que não labuta e não pena, esse não terá o reino dos céus. Ai deles, saciados, ai deles, fortes, ai deles, ricos, ai deles, credores! Pois não terão o reino dos céus. O pulgão come a plantação; a ferrugem, o ferro...

— E a mentira, a alma — continuou a minha irmã e pôs-se a rir.

Eu li a carta mais uma vez. Nessa hora chegou na cozinha o soldado que, duas vezes por semana, nos trazia, mandado por alguém, chá, pão branco e perdizes, das quais se desprendia um perfume. Eu estava sem trabalho, era obrigado a ficar em casa o dia inteiro e, por certo, a pessoa que nos mandava esses pães sabia que passávamos necessidade.

Eu ouvia minha irmã conversando com o soldado e rindo, animada. Depois, deitada, ela comia o pão e me dizia:

— Quando você não quis mais o serviço público e foi trabalhar de pintor, Aniuta Blagovó e eu, desde o começo, sabíamos que você estava certo, mas tínhamos pavor de dizer isso em público. Diga-me, que força é essa que nos impede de confessar o que pensamos? Tomemos, por exemplo, Aniuta Blagovó. Ela ama e respeita você, ela sabe que você está certo; ela também me ama, como a uma irmã, e sabe que estou certa e, quem sabe, talvez no fundo da alma tenha inveja de mim, mas uma força impede que ela venha até aqui, ela foge de nós, tem medo.

A minha irmã colocou as mãos sobre o peito e disse com fervor:

— Como ela o ama, se você soubesse! Esse amor ela confessou apenas a mim, e ainda assim baixinho, no escuro. Às vezes, no jardim, levava-me a uma aleia escura e começava a falar como gosta de você, em sussurros. Veja bem, ela nunca se casará porque ama você. Você tem pena dela?

— Sim.

— É ela que manda o pão. É estranha, com certeza, pra que se esconder? Eu também era estranha e tola, mas eis que saí de lá e agora já não tenho medo de ninguém, penso e falo em voz alta o que quero — e agora sou feliz. Quando vivia lá em casa, nem entendia o que era felicidade, mas agora eu não trocaria de lugar nem com uma rainha.

O doutor Blagovó chegou. Recebera o grau de doutor e agora morava na nossa cidade, na casa do pai; descansava, e disse que logo voltaria para Petersburgo. Queria dedicar-se às vacinas contra o tifo e parece que também contra o cólera; queria ir para o exterior, se especializar, e depois assumir uma cátedra. Já deixara o serviço militar e usava um paletó de cheviote folgado, calças muito largas e gravatas magníficas. A minha irmã deliciava-se com o alfinete de sua gravata, a abotoadura e o lencinho de seda vermelha que ele, pelo visto por janotice, usava no bolso de cima do paletó. Certa vez, por falta do que fazer, minha irmã e eu começamos a contar de memória todos os seus ternos e chegamos à conclusão de que ele tinha, pelo menos, uns dez. Estava claro que ele, como antes, amava a minha irmã, mas nem uma vez, nem de brincadeira, disse que a levaria consigo para Petersburgo ou para o exterior, e eu não conseguia imaginar com clareza como ficaria a situação dela se sobrevivesse, o que aconteceria com a criança. Enquanto isso ela só fazia sonhar e não pensava seriamente sobre o futuro, dizia que ele podia ir aonde quisesse e que podia até deixá-la, desde que fosse feliz, para ela bastava o que havia acontecido.

Normalmente, chegando à nossa casa, ele a auscultava muito atentamente e exigia que ela, na presença dele, tomasse leite e algumas gotas. E dessa vez também aconteceu o mesmo. Ele a auscultou atentamente e exigiu que tomasse um copo de leite e, depois disso, em nossos cômodos cheirava a creosoto.

— Boa menina — disse ele, tomando de volta o copo. —

Você não pode falar muito, mas, nos últimos tempos, tagarela como maritaca. Por favor, fique calada.

Ela começou a rir. Depois ele entrou no cômodo de Riedka, onde eu estava sentado, e deu um tapinha em meu ombro, com ternura.

— E então, meu velho? — disse ele, inclinando-se sobre o doente.

— Vossa excelência... — disse Riedka, mexendo os lábios de mansinho — vossa excelência, atrevo-me a comunicar... todos nós estamos nas mãos de Deus, todos precisamos morrer... Permita-me dizer a verdade... Vossa excelência não entrará no reino dos céus!

— E daí, meu velho? — perguntou ele, inclinando-se na direção do doente. — O que fazer? — brincou o médico — Alguém tem de ficar no inferno.

E de repente algo aconteceu em minha consciência; como se eu estivesse sonhando, era inverno, noite, e eu estava no matadouro, no pátio, perto de mim Prokofi, que cheirava a vodca com pimenta; eu fiz um esforço e esfreguei os olhos, no mesmo instante parecia que eu ia me encontrar com o governador para dar explicações.

Nada semelhante tinha acontecido comigo antes, nem aconteceu depois, e essas estranhas lembranças, parecidas com sonho, eu explico pelo esgotamento dos nervos. Eu passara pela experiência do matadouro e da explicação ao governador mas, ao mesmo tempo, tomava consciência, vagamente, de que nada disso existira de verdade.

Quando voltei a mim, vi que não estava em casa, mas na rua, parado ao lado do médico, perto de um lampião.

— Que tristeza, que tristeza — dizia ele, e as lágrimas escorriam-lhe pela face. — Ela está contente, ri com frequência, tem esperanças, mas é um caso perdido, meu querido. O seu Riedka odeia-me e todo o tempo quer dar a entender que eu me comportei mal com ela. A seu modo, ele está certo, mas eu também tenho o meu ponto de vista e não me arrependo nem um pouco do que aconteceu. É preciso amar, nós todos devemos amar — não é verdade? Sem amor não haveria vida; quem teme o amor e foge dele, não é livre.

Aos poucos ele passou a outros temas, falou sobre a ciência, sobre a própria tese de doutorado, aprovada em Petersburgo; falava com entusiasmo e já não lembrava da minha irmã, nem do sofrimento dela, nem de mim. A vida o arrebatava. Àquela — a América e o anel com inscrição; a esse — o grau de doutor e a carreira de cientista. Só a minha irmã e eu continuávamos no passado.

Depois de me despedir dele, aproximei-me do lampião e ainda uma vez li toda a carta. E lembrei, lembrei vivamente, como na primavera, de manhã, ela veio me encontrar no moinho, deitou-se e cobriu-se com uma peliça curta — queria parecer uma simples mulher do campo. E como, uma outra vez — isso também aconteceu de manhã, tiramos a nassa da água e dos salgueiros da margem despejaram sobre nós grossas gotas de chuva, e começamos a rir...

Em nossa casa na Bolchaia Dvoriánskaia, estava escuro. Eu pulei a cerca e, como fazia nos tempos antigos, fui até a cozinha pela porta dos fundos para pegar uma lamparina. Na cozinha não havia ninguém; perto do fogão o samovar chiava, à espera de meu pai. "Quem será que agora serve o chá ao pai?", pensei. Peguei a lamparina e fui até o barracão, lá preparei uma cama de jornais velhos e me deitei. Os ganchos nas paredes olhavam severamente como antes, e as suas sombras vacilavam. Fazia frio. Eu tinha a impressão de que a minha irmã devia chegar agora, trazendo-me o jantar, mas no mesmo instante lembrava-me de que ela estava doente e morava na casa do Riedka, e parecia-me estranho ter pulado a cerca e estar deitado no barracão sem aquecimento. A minha consciência confundia-se, e eu via todo tipo de absurdo.

A campainha. Os sons conhecidos da infância: primeiro o arame roça a parede, depois na cozinha toca um som curto, plangente. Era o pai que voltava do clube. Eu me levantei e fui para a cozinha. A cozinheira Aksínia, ao me ver, ergueu os braços e, não sei por que, começou a chorar.

— Meu filho! — disse baixinho. — Meu querido! Oh, Senhor!

E, de agitação, começou a retorcer o avental nas mãos. Na janela havia garrafas de um quarto de litro com frutas e vodca. Eu me servi uma xícara de chá, tomei com avidez, porque estava sentindo uma sede enorme. Aksínia tinha acabado de limpar a mesa e os bancos, e na cozinha pairava aquele cheiro comum a cozinhas iluminadas e aconchegantes, de cozinheiras asseadas. E esse cheiro e o canto do grilo, em algum tempo da infância, atraíam-nos, as crianças, para a cozinha e predispunham a histórias maravilhosas, à brincadeira de reis...

— E onde está Kleopatra? — perguntou Aksínia baixinho, às pressas, com a respiração suspensa. — E o seu chapéu, paizinho, onde está? A esposa, estão falando, foi embora para Petersburgo?

Ela trabalhava na casa desde a época de nossa mãe, tinha dado banho em Kleopatra e em mim numa tina, e agora, para ela, ainda éramos crianças que precisavam de conselhos. Em uns quinze minutos, dispôs diante de mim todas as suas considerações, acumuladas com o bom senso de uma velha criada no silêncio da sua cozinha desde o nosso último encontro. Ela disse que podíamos obrigar o médico a casar com Kleopatra — bastava só assustá-lo, e se a solicitação fosse bem escrita, então o arcebispo desfazia o seu primeiro casamento; que seria bom vender Dubiétchnia sem a esposa saber e colocar o dinheiro no banco em meu nome; que se a minha irmã e eu fizéssemos a nosso pai uma reverência profunda e pedíssemos bem direitinho, talvez ele nos perdoasse; que era preciso rezar um te-déum à rainha dos céus...

— Então vá, paizinho, converse com ele — disse Aksínia quando ouviu a tosse do meu pai. — Vá, converse, faça uma reverência, a cabeça não vai despregar.

Eu fui. O meu pai já estava sentado à mesa e desenhava a planta de uma datcha com janelas góticas e uma torre grossa, semelhante a uma guarita de bombeiros — algo extraordinariamente teimoso e medíocre. Ao entrar no gabinete, parei de tal modo que podia ver o desenho. Não sabia por que tinha vindo procurar o meu pai, mas me lembro que, quando vi o seu rosto chupado, o pescoço vermelho e a sua sombra na parede, tive vontade de lançar-me a seus braços e, como ensinara Aksínia, fazer-lhe uma reverência profunda; no entanto, a visão da datcha com janelas góticas e a torre grossa me conteve.

— Boa noite — disse eu.

Ele olhou para mim e no mesmo instante baixou os olhos ao desenho.

— De que precisa? — perguntou ele, depois de algum tempo.

— Vim lhe dizer que a minha irmã está muito doente. Vai morrer logo — acrescentei com voz surda.

— E daí? — suspirou ele, tirando os óculos e colocando-os sobre a mesa. — O que se planta, se colhe. O que se planta — repetiu ele, erguendo-se da mesa — se colhe. Peço-lhe que lembre como dois anos atrás você veio me procurar e aqui, neste mesmo lugar, pedi, implorei que abandonasse o caminho errado, recordei-lhe o dever, a honra, as suas responsabilidades em relação aos antepassados, as tradições que devemos conservar religiosamente. Será que me ouviu? Você desprezou os meus conselhos e insistiu teimosamente em suas opiniões falsas; como se não bastasse, atraiu também a sua irmã para esse descaminho e obrigou-a a perder a moral e a vergonha. Agora ambos estão em má situação. E então? O que se planta, se colhe!

Ele falava isso e andava pelo gabinete. Por certo pensou que eu vinha procurá-lo para reconhecer a minha culpa e por certo esperava que eu começaria a pedir por mim e por minha irmã. Eu sentia frio, tremia como num delírio febril e falava com dificuldade, com voz rouca.

— Pois eu também peço que lembre — disse eu — que, neste mesmo lugar, eu implorei ao senhor que me compreendesse, que ponderasse, que juntos decidíssemos como e por que devíamos viver, mas o senhor, em resposta, começou a falar de antepassados, do avô que escrevia versos. Agora dizem ao senhor que a sua única filha está desenganada, e de novo o senhor vem com antepassados, tradições... E toda essa leviandade na velhice, quando a morte já desponta e resta-lhe viver uns cinco, dez anos!

— Para que você veio até aqui? — perguntou severamente, pelo visto ofendido porque eu o acusara de leviandade.

— Não sei. Eu amo o senhor, sinto tanta pena por estarmos tão distantes um do outro — eis porque vim. Eu ainda o amo, mas a minha irmã rompeu definitivamente com o senhor. Ela não o perdoa e agora já não o perdoará jamais. A simples menção do seu nome desperta nela aversão ao passado e à vida.

— E quem é culpado? — gritou o meu pai. — Você é o culpado, patife!

— Que seja eu o culpado. Reconheço que sou culpado de muita coisa; mas qual é o sentido dessa vida que o senhor considera obrigatória também para nós, para que uma vida tão entediante, tão medíocre, porque em nenhuma dessas casas que o senhor constrói já há trinta anos não mora ninguém que possa me ensinar a viver sem ser culpado? Em toda a cidade não há nem um único homem honesto! Essas suas casas são ninhos malditos, onde acabam com a vida das mães e das filhas, torturam as crianças... Pobre da minha mãe! — continuei eu, em desespero. — Pobre da minha irmã! É preciso entorpecer-se de vodca, de cartas, de mexericos, é preciso viver de infâmias e de hipocrisias, ou então desenhar e desenhar por dezenas de anos, para não notar todo o horror que se esconde nessas casas. A nossa cidade existe há centenas de anos e durante todo esse tempo não deu à pátria um único homem útil — nenhum! Os senhores sufocaram ainda no embrião tudo o que era vivo e luminoso! Cidade de feirantes, de taverneiros, de burocratas, de hipócritas; cidade inútil, desnecessária, da qual nem uma única alma teria pena se, de repente, ela desaparecesse terra adentro.

— Eu não quero ouvi-lo, patife! — disse o meu pai e pegou da mesa uma régua. — Você está bêbado! Não se atreva a aparecer diante do seu pai nesse estado! Digo-lhe pela última vez, e dê esse recado à sua irmã imoral, que não receberão nada de mim. Os filhos insubordinados eu arranquei do meu coração e, se eles estão sofrendo por causa da sua insubordinação e teimosia, então eu não tenho pena deles. Pode voltar para o lugar de onde saiu! Convinha a Deus castigar-me com vocês, e eu suporto essa provação resignado e, como Jó, encontro consolo no sofrimento e no trabalho incessante. Você não deve cruzar a soleira da minha porta enquanto não se corrigir. Eu sou justo, tudo o que digo é útil, e, se você quiser o seu próprio bem, em toda a sua vida, deverá se lembrar do que lhe disse e digo.

Dei de ombros e saí. Depois não me lembro o que aconteceu à noite nem no dia seguinte.

Dizem que andei pelas ruas sem chapéu, cambaleando, cantando alto, e atrás de mim ia uma turba de meninos, gritando:

— Alguma Utilidade, Alguma Utilidade!

XX

Se eu tivesse vontade de encomendar um anel para mim, escolheria a seguinte inscrição: "Nada passa". Acredito que nada passa sem deixar marcas e que cada pequeno passo nosso tem um significado para a vida presente e futura.

Aquilo que vivi não passou em vão. Os meus grandes infortúnios e a minha paciência tocaram o coração dos moradores, e agora já não me chamam Alguma Utilidade, não riem de mim, e quando eu passo pela rua do comércio já não me derramam água. Em relação à minha decisão de ser operário já se acostumaram e não veem nada de estranho no fato de que eu, um nobre, carregue latas de tinta e coloque vidros; ao contrário, contratam-me com prazer, e eu já me considero um bom mestre e o melhor empreiteiro, depois de Riedka, que apesar de ter melhorado de saúde e, como antes, pintar cúpulas de campanários sem andaimes, já não tem forças para comandar os rapazes; no lugar dele agora corro à cidade em busca de serviço, contrato e pago os rapazes, pego dinheiro emprestado a juros altos. E agora, depois que me tornei empreiteiro, compreendo como se pode, por causa de um serviço de baixo valor, correr pela cidade à procura de telhadistas. Relacionam-se comigo com respeito, tratam-me por senhor, e nas casas onde trabalho servem-me chá e mandam perguntar se não quero almoçar. Crianças e moças aparecem com frequência e olham para mim com curiosidade e tristeza.

Certa vez trabalhei no jardim do governador, pintei lá um caramanchão na cor de mármore. O governador, passeando, foi ao caramanchão e, por falta do que fazer, começou a conversar comigo. Eu o fiz lembrar daquele dia em que me chamara para dar explicações. Por um minuto ele examinou o meu rosto, depois fez uma boca em forma de *o*, abriu os braços e disse:

— Não me lembro!

Eu envelheci, fiquei taciturno, severo, rígido, raramente rio, e dizem que estou parecido com Riedka e que, como ele, incomodo os rapazes com sermões inúteis.

Maria Víktorovna, minha ex-mulher, agora mora no exterior, enquanto o seu pai, o engenheiro, está construindo uma estrada e comprando terras em alguma província do leste. O doutor Blagovó também está no exterior. Dubiétchnia voltou à senhora Tcheprakóva, que a comprou, negociando com o engenheiro vinte por cento de desconto. Moissei agora anda de chapéu-coco; vai à cidade com frequência, em carruagens leves e rápidas, resolver negócios, e para perto do banco. Dizem que ele já comprou uma propriedade com transferência de dívida e vive se informando no banco sobre Dubiétchnia, que também se prepara para comprar. O pobre Ivan Tcheprakóv vagou longamente pela cidade, sem fazer nada e entregue à bebedeira. Tentei arranjar um trabalho para ele, e durante algum tempo ele foi conosco pintar telhados e colocar vidros, até tomou gosto e, como um pintor de verdade, roubava óleo de linhaça, pedia um para o chá, embebedava-se. No entanto, logo enjoou do negócio, entediou-se e voltou para Dubiétchnia; depois os rapazes me deixaram a par de que ele tentara convencê-los a matarem juntos Moissei, à noite, e roubar a generala.

O meu pai envelheceu muito, anda curvado e nos finais de tarde passeia perto da sua casa. Eu não o visito.

Prokofi, na época do cólera, curava feirantes com vodca, pimenta e breu, e recebia dinheiro por isso; segundo fiquei sabendo por nosso jornal, condenaram-no ao açoite pelo fato de ter falado mal dos médicos, na sua banca de carne. O seu ajudante, Nikolka, morreu de cólera. Kárpovna ainda está viva e, como antes, ama e teme o seu Prokofi. Quando me vê, toda vez balança com tristeza a cabeça e diz num suspiro:

— Perdeu a cabecinha!

Nos dias de semana, estou sempre ocupado de manhã até a noite. Nos dias de folga, com tempo bom, pego no colo a minha doce sobrinha (a minha irmã esperava um menino, mas nasceu uma menina) e vou sem pressa ao cemitério. Fico ali em pé ou sentado, olho longamente o túmulo querido, e digo à menina que ali jaz a sua mãe.

Às vezes encontro Aniuta Blagovó junto ao túmulo. Nós nos cumprimentamos e ficamos em silêncio ou falamos de Kleopatra, da sua menina, de como é triste viver neste mundo. Depois, saindo do cemitério, caminhamos em silêncio, e ela diminui o passo de propósito, para ficar ao meu lado por mais tempo. A menina, alegre, feliz, aperta os olhos por causa da luz clara do dia, ri, estende-lhe as mãozinhas; nós paramos e acariciamos essa menina querida.

Mas, quando entramos na cidade, Aniuta Blagovó, inquietando-se e enrubescendo, despede-se de mim e segue sozinha, sólida, severa. E já nenhum dos passantes, olhando para ela, diria que ela acabou de andar ao meu lado e até acariciou a criança.

A VIDA EM MEMÓRIA

Denise Sales

Pensada como romance, concretizada como novela e publicada com o subtítulo "conto de um provinciano", *Minha vida* (1896) figura entre as narrativas longas da obra de Anton Tchekhov (1860-1904), parte das quais foi recolhida por Boris Schnaiderman no livro *O beijo e outras histórias*,[1] publicado nesta mesma coleção. Não só a novela, em seu conjunto, estende-se mais do que o padrão dos famosos contos curtos de Tchekhov, como também as frases e períodos prolongam-se para dar voz a Missail Póloznev, um morador de província marcado por decepções e frustrações que ele próprio narra a partir do momento da nona demissão de sua fracassada carreira profissional. Os fatos, envoltos em sensações, sentimentos e reflexões, gravam-se no papel com o auxílio de repetidas vírgulas, dois pontos, travessões, pontos e vírgulas... Assim se encadeia o pensamento de quem recorda, conduzido pela melancolia e desilusão de uma existência sombreada pelos pálidos edifícios criados pelo pai arquiteto.

A indignação do pai ao saber da demissão do filho faz Missail recordar a opinião de parentes e conhecidos a respeito

[1] A. P. Tchekhov, *O beijo e outras histórias*, organização e tradução de Boris Schnaiderman, São Paulo, Editora 34, 2006. No prefácio a esse volume, o tradutor comenta justamente que, em determinado momento, surgiu no "grande mestre da história curta" a necessidade de "tratar do humano de modo mais desenvolvido".

de sua carreira. Dois momentos, o passado cheio de promessas, quando ele era moço e todos adivinhavam-lhe um futuro brilhante, e o presente, cheio de decepções, quando ninguém mais consegue ver nada de bom em seu caminho, são narrados num único bloco. Um pouco depois, o tom arrogante do sermão paterno desperta em Missail reflexões sobre o valor que o pai devota à opinião alheia, tornando inevitável a sua comparação com ex-colegas bem-sucedidos e, mais especificamente, com o filho do gerente do banco estatal, empossado em um cargo importante na hierarquia do funcionalismo público.

O ritmo das memórias é lento porque o narrador caminha pesadamente, suportando com dificuldade as obrigações de quem carrega nos ombros os "nobres ancestrais" — o pai arquiteto, um tio pedagogo, um avô poeta, um bisavó general. O único alento em sua jornada, o único momento em que sua vida fica mais leve, ou talvez o único momento em que a sobrevivência arrastada com dificuldade transforma-se verdadeiramente em "vida", é o tempo do amor, quando Missail apaixona-se por Maria Víktorovna — "a melhor de todas!".

Embora breve, a época do amor correspondido modifica o herói, que, com olhos apaixonados, passa a enxergar o mundo de outra forma; as menores coisas, em outros tempos desanimadoras e sem sentido, adquirem brilho especial: "O tempo estava maravilhoso. Todo dia, no final da tarde, eu ia à cidade encontrar Macha, e que prazer sentia em andar de pés descalços pelo caminho que começava a secar, mas ainda estava macio!". A natureza, as pessoas, o estado de espírito — tudo muda. O universo redecorado pelo amor, apesar de durar pouco, realinha a vida do personagem e, no final, modifica a forma como ele é visto pelos outros — "Aquilo que vivi não passou em vão. Os meus grandes infortúnios e a minha paciência tocaram o coração dos moradores, e agora já não me chamam Alguma Utilidade, não riem de mim e, quando passo pela rua do comércio, já não me jogam água".

Mas o quadro não é o de uma vida plena. O reverso do brilho do amor é a opacidade de todo o resto. Se o trabalho burocrático envergonhava e ofendia Missail por obrigar o homem a "ficar sentado em um cômodo abafado", a "copiar, competir com a máquina de escrever", o seu oposto, o trabalho braçal, embora escolhido por vontade própria e defendido como uma obrigação imprescindível a todo e qualquer indivíduo, é uma rotina "monótona, com períodos de fome, mau cheiro, acomodações desconfortáveis e constante preocupação com o pagamento e o pão de cada dia". A existência prossegue como um desfiar de impossibilidades. É impossível viver no lar paterno, onde a opressão do pai impede a todos de respirar. É impossível viver nas repartições públicas, onde os homens bem-educados fingem trabalhar. A única solução é optar pelo suportável, pela sobrevivência possível. Por isso, no último capítulo da novela, esta declaração sombria de Missail: "Eu envelheci, fiquei taciturno, severo, rígido, raramente rio, e dizem que estou parecido com Riedka e que, como ele, incomodo os rapazes com sermões inúteis".

Em *Minha vida*, há riqueza de elementos para estudos de aspectos sociais, psicológicos ou políticos. O choque de gerações na relação de Missail com o pai retoma o tema do romance de Ivan Turguêniev *Pais e filhos*, que em 1862, ano de sua publicação, rendeu ao autor a incompreensão do público e o exílio voluntário. As frustrações e impossibilidades do amor estão presentes na relação do narrador com Maria e Aniuta, e na relação de Kleopatra com o doutor Blagovó, sendo todas as três experiências sem um "final feliz". As condições de vida dos mujiques, a decadência da nobreza e o estado geral de corrupção são discutidos nas conversas de Missail, principalmente com o médico e, em menor medida, com outros personagens.

Entretanto, o mais importante nesta novela de Tchekhov, assim como em praticamente todos os seus livros, é a mestria de conferir ao trivial, ao cotidiano, uma grande carga de emoção, elevando o corriqueiro da vida à categoria de "acontecimento heroico". O grande tema de Tchekhov, a vida comum das pessoas, as miudezas do dia a dia, está presente ainda com mais força nos contos e novelas da década de 1890. Não por acaso, o escritor e crítico Kornei Ivánovitch Tchukóvski (1882-1969), ao relembrar a própria adolescência e a importância de Tchekhov em sua formação literária, assim se manifestou em relação a *Minha vida*: "Os gênios que criaram *Guerra e paz* e *Os irmãos Karamázov* pareciam-me oniscientes, mas os seus livros não falavam de mim, falavam de um outro. No entanto, quando saiu a novela de Tchekhov *Minha vida* no anexo da revista *Niva*, que eu assinava na época, tive a impressão de que aquela vida era realmente a minha, de que eu estava lendo o meu próprio diário — a vida de um adolescente angustiado na década de 90".[2]

Assim, mais importante do que os grandes temas são os detalhes e o modo como o autor desenvolve cada um deles literariamente. O mais importante, por exemplo, não é o choque de gerações em si, mas o modo como a opressão paterna se reflete nas formas arquitetônicas dos edifícios da cidade. A falta de originalidade, a feiura, a repetição incansável, a rigidez das linhas, a obscuridade do resultado conjugam-se em uma enorme sombra negra que sufoca o filho, impedindo a livre expansão de seus sentimentos em relação ao pai. Isso fica evidente na passagem em que Missail se detém não por causa da figura paterna, mas por causa da planta de uma datcha: "Não sabia por que tinha vindo procurar o meu pai, mas me lembro que, quando vi o seu rosto chupado, o pes-

[2] K. I. Tchukóvski, "O artista", *Literatúrnaia Gazieta*, nº 12, 28/1/1960.

coço vermelho e a sua sombra na parede, tive vontade de lançar-me em seus braços e, como ensinara Aksínia, fazer-lhe uma reverência profunda; no entanto, a visão da datcha com janelas góticas e a torre grossa me conteve".

Curiosamente, é com termos da construção civil — armação, montagem, revestimento, edifício — que Tchekhov registra uma de suas primeiras impressões sobre o próprio texto, que naquele momento estava em processo de redação. No dia 16 de junho de 1896, ao enviar os primeiros nove capítulos a Alekséi Alekséievitch Tíkhonov (pseudônimo Lugovoi), que encomendara o texto para a revista *Niva*, o autor explicou em carta anexa que aquela primeira parte estava inconclusa e teria de ser devolvida para correções: "Será preciso corrigir muita coisa, pois isso ainda não é uma novela, mas apenas uma armação grosseiramente montada, que vou revestir e embelezar quando terminar o edifício".

"Revestir e embelezar", com especial atenção aos detalhes. É assim que nasce, na prosa de Tchekhov, aquela "delicadeza fortuita", aquela "mistura de extravagância e tristeza", de que nos fala Joseph Frank ao transmitir as impressões de Vladímir Nabókov sobre este autor. "Ele [Nabókov] saboreia a delicadeza fortuita da arte de Tchekhov, seu uso de detalhes de folhetos de propaganda para criar clima e, principalmente, sua relutância em tomar partido na furiosa guerra política de sua época, sua preferência pelo puramente humano em relação ao ideológico." E a seguir: "Tchekhov também possui aquela mistura de extravagância e tristeza que tanto agrada à sensibilidade de Nabókov". [3]

Com relação a *Minha vida* — com sua ênfase, em certas passagens, sobre os aspectos sombrios da exploração do

[3] Joseph Frank, *Pelo prisma russo: ensaios sobre literatura e cultura*, tradução de Paula Cox Rolim e Francisco Achcar, São Paulo, Edusp, 1992, pp. 57-8.

trabalho —, pode-se questionar essa suposta "relutância em tomar partido", mas a preponderância do humano sobre o ideológico é ainda tão inquestionável quanto em qualquer outra obra de Tchekhov. Entregar a narração de sua vida ao próprio personagem é uma das marcas dessa opção. O autor dá a "pessoas pequenas e desinteressantes" (palavras de Missail para definir a si e à irmã) a atenção que a sociedade "culta" da província lhes nega. E, diante do leitor, o pequeno e o desinteressante passam a reverberar. Como afirmou Tchukóvski, os heróis mais queridos de Tchekhov são aqueles que gaguejam na vida, que não dizem o que se deve dizer, que não fazem o que se deve fazer.[4]

Minha vida em retrospectiva

Na vida literária de Tchekhov, a década de 1890 foi um período de grandes projetos. Foi a década da viagem à colônia de forçados e degredados localizada na ilha Sacalina, no extremo leste da Rússia. As numerosas pesquisas feitas antes da partida, as dificuldades do longo trajeto por terra, incluindo a travessia da Sibéria por estradas e trilhas em péssimo estado, e os três meses passados na colônia (de 10 de julho a 13 de outubro de 1890), em contato com degredados, forçados, colonos e autoridades, renderam um livro de 350 páginas, com descrições detalhadas do cotidiano prisional e reflexões sobre a experiência carcerária russa.

Nesses anos foram publicadas duas de suas peças mais famosas — *A gaivota* (1896) e *Tio Vânia* (1897). A primeira, segundo o autor uma comédia sobre vidas frustradas, estreou nos palcos em 1896, com uma encenação malsucedida. Mais tarde, sob direção de Nemiróvitch-Dántchenko, alcan-

[4] K. I. Tchukóvski, "Sobre Tchekhov", *Rietch*, 17/1/1910.

çou grande sucesso e, desde então, tem sido reencenada no mundo inteiro, inclusive no Brasil. Em *Tio Vânia*, com o subtítulo "Cenas da vida do interior em quatro atos", assim como em *Minha vida*, o personagem principal é um homem solteiro e desiludido, Ivan Petróvitch Voinitski, que, entretanto, diverge de Missail Póloznev pela maneira sarcástica e fatalista com que encara o próprio destino.

A década de 1890 foi também a época de duas narrativas pensadas no início como romance e concluídas como novela — *Três anos* e *Minha vida*. Em 1888, como comenta Boris Schnaiderman, Tchekhov "confessava numa carta: 'Escrever longamente é bem cacete e muito mais difícil que escrever curto'. Afirmou mesmo ter sido 'mimado' pelo trabalho miúdo. E apesar disso, insistiu durante anos na criação de obras mais longas".[5] Um dos resultados dessa insistência foi a novela *Três anos*, apresentada ao leitor pela primeira vez na revista *Russkaia Mysl*, em 1895. O processo de elaboração estendeu-se por um bom tempo. Sobre as primeiras ideias, algumas aproveitadas, outras descartadas e outras ainda utilizadas em projetos diversos, Tchekhov contou em carta ao amigo e editor Alekséi Suvórin, em 8 de dezembro de 1892: "Estou escrevendo algo, em que há uma centena de personagens, verão, outono — e tudo isso se perde, se confunde, escapa à memória".

Já a história de *Minha vida* começou em 1895, quando Alekséi Tíkhonov pediu a Tchekhov uma colaboração para a revista *Niva*, da qual era então redator-chefe. Em 12 de dezembro desse mesmo ano, recebeu a resposta: "Pronto eu não tenho nada, e um prazo definido não posso dar, pois estou trabalhando preguiçosamente, a minha musa é caprichosa e inconstante, mas posso dizer com certeza que mandarei um conto e que tenho vontade de escrever para a *Niva*". Pas-

[5] A. P. Tchekhov, *O beijo e outras histórias*, cit., p. 7.

sados quatro meses, o projeto de Tchekhov parecia indefinido, embora já iniciado. Em carta de 8 de abril de 1896 a I. N. Potapenko, a colaboração para a revista é comentada de passagem: "Escrevo-lhe em uma segunda-feira, às cinco horas da tarde: o sol começa a brilhar às minhas costas, estorninhos cantam. Não há nada de novo, tudo como antes. Até o tédio é antigo. Uns três, quatro dias expeli sangue, mas agora não sinto mais nada, posso até carregar lenha ou me casar. Fico olhando pássaros pelo binóculo. Estou escrevendo um romance para a *Niva*".

A partir daí, Tchekhov menciona a novela em cartas ocasionalmente, ora quando recusa outros convites para publicação e justifica estar cuidando do "romance", "novela", "conto" da *Niva*, ora quando discute prazos e condições com Tíkhonov, ora quando comenta com amigos as suas atividades cotidianas. Nessas correspondências, fica claro que o título *Minha vida* não ocorreu logo a Tchekhov e, na verdade, nunca chegou a agradar-lhe inteiramente. No início, ele pensou em "Meu casamento", conforme informou a Tíkhonov em abril: "o conto, que estou escrevendo para a *Niva*, aproxima-se do final da segunda folha. Parece que vai se chamar 'Meu casamento' — ainda não posso dizer com certeza". Porém, em junho, essa ideia já lhe soava mal, e, além de questionar a conveniência do título, Tchekhov duvidava também de que a novela fosse adequada ao público da revista. Por isso, se não servisse, prometia a Tíkhonov escrever depois alguma outra coisa. O prazo continuava indefinido: "não sei se vou conseguir terminar até o final de junho. Provavelmente não. Além de tudo, faz muito calor".

Quando a primeira parte da novela chegou às mãos do editor (os nove capítulos iniciais foram enviados em 16 de junho), este logo compreendeu o motivo da insatisfação do autor com o título: "Meu casamento" era muito restrito para as dimensões que tomara a narrativa. O nome definitivo, no entanto, só veio mais tarde, por força das circunstâncias. Chegara a hora de mandar o manuscrito ao censor responsável pela *Niva* e seria impossível fazê-lo sem um título. Tíkhonov telegrafou a Tchekhov, pedindo uma solução. Tchekhov sugeriu *Minha vida* também em telegrama, enquanto, sem convicção, perguntava por carta se não seria melhor "Nos anos 90". E acrescentava: *Minha vida* "parece-me horroroso, sobretudo a palavra 'minha'. [...] Esta é a primeira vez em que experimento tanta dificuldade com um título". Apesar de todas as dúvidas, na edição em livro, que saiu um ano depois com várias modificações, inclusive no número de capítulos, o autor manteve esse nome.

A biografia, as cartas de Tchekhov e os comentários de amigos e colegas literatos revelam que a insatisfação com o título e os rumos de *Minha vida* refletem muito mais o espírito questionador e exigente do escritor do que um descontentamento específico. Praticamente todas as suas obras tiveram o mesmo tratamento. Sobre *O duelo*, Tchekhov escreveu a Suvórin em 23 de fevereiro de 1891: "Minha novela está indo em frente. Tudo flui com regularidade, quase não há passagens fastidiosas, mas sabe o que não é bom? É que na minha novela não há movimento, e isto me preocupa. Receio que seja difícil lê-la até a metade, que dirá até o fim".[6]

No percurso da criação de *A gaivota*, encontramos comentários semelhantes, como registra Rubens Figueiredo no posfácio a sua tradução da obra: "Cinco dias depois [26 de outubro de 1895], escreveu para outra pessoa: 'Terminei minha peça. Não é nada demais. No conjunto diria que sou um dramaturgo medíocre'. [...] 'Estou antes de tudo insatisfeito e vejo que não sou de forma alguma dramaturgo'. Tchekhov

[6] A. P. Tchekhov, *Cartas a Suvórin (1886-1891)*, tradução de Aurora Fornoni Bernardini e Homero Freitas de Andrade, São Paulo, Edusp, 2002, p. 341.

enviou o manuscrito para o amigo e pediu: 'Não mostre para ninguém'. Continuou a escrever e só em julho de 1896 mandou o texto final para a aprovação da censura".[7]

No livro *Contemporâneos*, o crítico Tchukóvski começa assim o segundo capítulo: "Havia na Rússia um crítico rigoroso e exigente, que tratava a obra genial de Tchekhov com obstinada hostilidade e, no decorrer de muitos anos, desprezou-o como um mero escrevinhador. [...] O mais notável de tudo é que esse crítico rigoroso e exigente, que com tanta rudeza classificou praticamente todas as obras de Tchekhov, era o próprio Anton Pávlovitch Tchekhov".[8]

No caso de *Minha vida*, outro alvo das queixas do autor foi a intervenção da censura. Desde o início, como todos os materiais da revista *Niva* passavam por um censor, o escritor já sabia que enfrentaria problemas. Para a edição de outubro, conforme previra Tíkhonov, não houve nenhum corte. No entanto, antecipando complicações na continuação da novela, Tíkhonov pediu a Tchekhov que maneirasse no tom a partir do capítulo VI — em que se iniciam as conversas de Missail Póloznev com o doutor Blagovó sobre a exploração dos fracos pelos fortes, os rumos do progresso social e econômico, o gradualismo... — e, sobretudo, no último capítulo.

Tchekhov encaminhou o manuscrito da segunda parte à redação da *Niva* em 10 de agosto. As provas ele recebeu de volta quando estava no sul da Rússia e devolveu-as em 24 de setembro e 21 de outubro. Os cortes do censor na segunda parte, principalmente no final da novela, publicado no encarte da revista em dezembro de 1896, irritaram profundamen-

[7] Anton Tchekhov, *A gaivota*, tradução e posfácio de Rubens Figueiredo, São Paulo, Cosac Naify, 2004, p. 102.

[8] K. I. Tchukóvski. *Contemporâneos*, Moscou, Molodaia Gvardia, 1967.

te o autor, que afirmou terem transformado o último capítulo em um completo deserto.

Incomodado com os cortes, insatisfeito com o resultado final, Tchekhov tratou de publicar logo a novela em livro, fazendo as alterações que julgava necessárias. Em 1897, Alekséi Suvórin enviou à gráfica o texto corrigido de *Minha vida*, em que o autor fizera várias modificações, recuperando frases e palavras excluídas pelo censor (principalmente nas reflexões de Missail Póloznev), alterando a distribuição dos capítulos, que passaram de 17 para 20, e incluindo trechos que, segundo os críticos, intensificaram o tom lírico do último capítulo e fortaleceram a caracterização dos aspectos psicológicos dos personagens em geral. Depois dessa primeira edição em separado, Tchekhov fez outras poucas modificações no texto para a publicação das obras completas — versão esta que tem sido reeditada até hoje e a partir da qual foi realizada a presente tradução.

A primeira apreciação conhecida de *Minha vida* foi a do seu editor original. Depois de receber as duas partes manuscritas da novela, em 19 de junho e 13 de setembro de 1896, Tíkhonov emitiu a seguinte opinião: "por um lado, ela é bastante atual, mas não tanto a ponto de aproximar-se do modismo tolstoiano; por outro, é eterna, porque os sofrimentos de um espírito livre, que busca livrar-se da teia de miudezas cotidianas que o enreda, eram e serão, sempre e em toda parte, os mesmos". Para Tíkhonov, importava também a simplicidade da narrativa — "não há nenhuma verborragia profetizante", "ela é profunda no conteúdo, mas, apesar disso, acessível a todos" (carta de 21 de junho de 1896).

À publicação de *Minha vida* no anexo da revista *Niva* e em edição avulsa, junto com "Os mujiques", muitos responderam com comentários em cartas enviadas diretamente a Tchekhov ou à redação da revista, mas também em artigos publicados em outros periódicos. A escritora e tradutora V.

G. Malakhéieva (pseudônimo V. Miróvitch, 1869-1954), na época colaboradora da revista *Vida e Arte*, escreveu a Tchekhov em 18 de novembro de 1897, dizendo-se muito impressionada com o caráter moral das posições de Póloznev e Riedka e com a representação dos mujiques: "Os seus mujiques são um golpe de chibata no rosto bem alimentado e tranquilo da assim chamada *intelligentsia* — apesar da sua escuridão, apontam para algo iluminado, algo intocado e forte na alma do povo". Já o famoso pintor e mestre do desenho Iliá Riépin (1844-1930) disse a Tchekhov, em carta de 13 de dezembro de 1897: "Que simplicidade, que força; é surpreendente; esse tom cinza do dia a dia, essa contemplação prosaica do mundo, iluminados de modo tão novo e fascinante".

Outras opiniões sobre *Minha vida* ficaram conhecidas indiretamente, no relato de interlocutores. Tolstói, a quem Tchekhov pretendia ler as provas pessoalmente — o que acabou não acontecendo pela impossibilidade da viagem a Iásnaia-Poliana —, comunicou as suas impressões a S. T. Semiónov: "Há passagens surpreendentes, mas em seu conjunto a novela é fraca". Por outro lado, Maksim Górki (1868-1936) disse a E. P. Pechkova, em março de 1899: "Ontem li *Minha vida*. É uma pérola".

Além das apreciações crítico-literárias, desde a publicação na revista, houve inevitáveis comparações da obra de ficção com a vida real do autor. Amigos e parentes apontaram sinais de Taganrog (onde Tchekhov nasceu e passou a infância) nas descrições da cidade ficcional. Listaram várias semelhanças entre o arquiteto Póloznev e o pai do autor, homem despótico, que castigava os filhos com vara e impunha-lhes extenuantes obrigações. No período em que Missail mora na casa da ama e de seu filho açougueiro, reconheceram traços da época em que uma tia de Tchekhov alugou um quartinho na propriedade de um açougueiro de Taganrog, e assim por diante. Embora justificadas e comprovadas, as semelhanças foram logo colocadas em seu devido lugar por críticos que chamaram a atenção dos leitores para o caráter generalizante da narrativa, como retrato de uma realidade russa mais ampla — qualquer cidade do interior parecia-se com Taganrog, fosse na disposição paralela de suas ruazinhas ou na ausência de redes de canalização de água; qualquer pai despótico em qualquer canto da Rússia parecia-se com o pai do autor...

Uma vez que a maioria dos materiais literários de Tchekhov, tanto primeiras edições quanto manuscritos, correções, provas, conservaram-se e encontram-se à disposição dos pesquisadores, comparações cuidadosas mostram o entrelaçamento entre várias obras de um mesmo período e entre as observações registradas nos cadernos de notas e seu posterior desenvolvimento em contos, novelas e peças. Das anotações de Tchekhov, possuem relação direta com *Minha vida* aquelas registradas em 1895. Um exemplo é o aforismo de Riedka "o pulgão come a plantação; a ferrugem, o metal; e a mentira, a alma", que se encontra em um dos cadernos e cuja fonte é o provérbio: "a ferrugem come o ferro; a tristeza, o coração". O tema do engenheiro que constrói pontes, aluga ou compra propriedades e tenta ajudar camponeses locais (em *Minha vida*, o personagem Dóljikov) aparece também no conto "A nova datcha".

Os cadernos de notas de Tchekhov, a propósito, têm despertado constante interesse. Em Moscou, em 2010, foram a base da produção do diretor de teatro Serguei Jenovatch intitulada justamente "Cadernos de notas". Privilegiando essas observações particulares, que não se destinavam à publicação, Jenovatch buscou revelar "o laboratório intelectual interno de Tchekhov, onde ele reunia enredos, imagens, frases, diálogos, pensamentos, situações [...] que depois se transformariam em peças e novelas". Várias décadas antes, Kornei Tchukóvski dedicara um artigo inteiro a esse material. Em um texto poético, salpicado de frases dos cadernos tchekhovianos, o crítico reflete sobre o procedimento literário do autor de *Minha vida*. Para Tchukóvski, as anotações absurdas, grotescas e incongruentes dos cadernos são um símbolo do modo como Tchekhov enxergava a vida. "Ele registrou em seu livrinho, com incrível minúcia, tudo o que era despropositado, inoportuno, todo tipo de disparate, de bobagem. Nesse material [os cadernos] está a base da sua obra. À semelhança de Flaubert, ele observa com particular atenção o idiotismo e a falta de talento das pessoas, e, também como Flaubert, colhe imagens da estupidez humana com enlevo, em grãozinhos, e monta uma coleção imensa, um museu inteiro!"[9]

Na disposição cronológica dessa "coleção imensa", desse "museu inteiro", *Minha vida* encontra-se mais no final. A cronologia, porém, não parece o melhor critério para a montagem de exposições tchekhovianas. Melhor seria um arranjo labiríntico, em que cada sala, cada obra, cada retrato abrisse uma passagem aos seus semelhantes, uma janela, não de São Petersburgo a Paris, como quis o cinema, mas de um personagem a outro, de uma cena a outra, de uma descrição a outra, revelando os fios de semelhanças e diferenças que unem os "grãozinhos" recolhidos por Tchekhov. E por qualquer uma dessas passagens, por caminhos mais curtos ou mais longos, seria possível chegar ao final literário de cada narrativa; no caso de *Minha vida*, ao túmulo de Kleopatra, onde Missail, Aniuta e a "doce sobrinha" reúnem-se em um breve instante de harmonia.

[9] K. I. Tchukóvski, "Sobre Tchekhov", *Niva*, nº 50, 1915.

SOBRE O AUTOR

Anton Pávlovitch Tchekhov nasce na cidade portuária de Taganrog, sul da Rússia, a 29 de janeiro de 1860. O pai, Pável Iegórovitch, é um humilde comerciante local. Filho de servos, sua violência e severidade causariam grande impacto na personalidade e na obra de Tchekhov. Em 1876, em função de pesadas dívidas, Pável muda-se para Moscou com seus dois filhos mais velhos. O jovem Anton permanece em Taganrog para completar os estudos. Nesse período, lê com afinco clássicos da literatura russa e ocidental e escreve sua primeira peça, *Os sem-pai* (também conhecida como *Platonov*, 1881).

Em 1879, ingressa na Faculdade de Medicina da Universidade de Moscou e passa a publicar pequenos textos em periódicos moscovitas, geralmente sob pseudônimo. Com o dinheiro arrecadado, sustenta a família e cobre todas as despesas estudantis. Obtém, em 1884, o diploma universitário, mesmo ano em que publica a coletânea *Contos de Melpômene*. Passa então a trabalhar como médico, ocupação esta que lhe proporciona apenas um escasso retorno financeiro. Sua fama como contista, porém, cresce continuamente, e em 1886 passa a escrever para a revista *Nóvoie Vrêmia* (*Novo Tempo*), do milionário Aleksei Suvórin. Em 1887, em função de uma recém-descoberta tuberculose, empreende uma viagem à Ucrânia e ao Cáucaso que o motiva a tentar escrever, pela primeira vez, uma narrativa mais longa, a novela *A estepe* (1888). No mesmo ano, escreve a peça *Ivánov*, que obtém grande sucesso.

A morte do irmão Nikolai, em 1889, abala Tchekhov profundamente e torna-se um dos motivos pelos quais decide-se a empreender, no ano seguinte, uma longa viagem até Sacalina para participar de um censo entre prisioneiros de colônias penais. A experiência de quase três meses ecoa tanto em seu relato *A ilha de Sacalina* quanto no conto "O assassinato" (ambos de 1895). Em 1892, Tchekhov muda-se para a pequena vila de Miélikhovo, ao sul de Moscou, onde viveria até 1899. Ao longo dos sete anos que passa na região, contribui com donativos para a construção de hospitais e escolas, além de atuar, sem remuneração, como médico. A miséria em que viviam os camponeses de Miélikhovo influenciariam diversos escritos de Tchekhov desse período, em especial a novela *Minha vida* (1896) e o conto "Os mujiques" (1897).

Em 1894, começa a escrever a peça *A gaivota*, cuja estreia, em 1896, seria um imenso fracasso. Montada novamente em 1898, porém — desta vez por Stanislavski e Nemiróvitch-Dántchenko —, a peça obtém um grande êxito, o que levaria o Teatro de Arte de Moscou a encomendar mais peças para Tchekhov. Dessa nova safra, surgem *Tio Vânia* (1897), *Três irmãs* (1901) e *O jardim das cerejeiras* (1904).

Após a morte do pai, em 1898, adquire uma vila na cidade de Ialta, na Crimeia, para onde se muda no ano seguinte por conta da piora de seu quadro de saúde. Lá, Tchekhov escreve um de seus mais famosos contos, "A dama do cachorrinho" (1899), e recebe as constantes visitas de Maksim Górki e Lev Tolstói. Manifesta, porém, com frequência, seu desejo de retornar a Moscou.

Em maio de 1901, casa-se com a atriz Olga Knipper. O relacionamento é mantido à distância, já que Tchekhov permanece em Ialta enquanto a esposa persegue sua carreira em Moscou. Mas é com Olga que Tchekhov parte, em junho de 1904, para a cidade de Badenweiler, na Alemanha, numa última tentativa de curar a tuberculose crônica. A despeito do bom humor de suas últimas cartas para a família, sucumbe à doença e falece em 15 de julho de 1904.

SOBRE A TRADUTORA

Denise Regina de Sales é professora de Língua e Literatura Russas na Universidade Federal do Rio Grande do Sul. Doutorou-se em Literatura e Cultura Russa pela Universidade de São Paulo, em 2011, com a tese "A sátira de Saltykov-Schedrin em *História de uma cidade*". Em 2005, também na Universidade de São Paulo, defendeu a dissertação de mestrado "A sátira e o humor nos contos de Mikhail Zóchtchenko". Graduada em Comunicação Social (Jornalismo) pela Universidade Federal de Minas Gerais, de 1996 a 1998 trabalhou na Rádio Estatal de Moscou como repórter, locutora e tradutora. Publicou diversas traduções, entre elas a peça *O urso*, de Anton Tchekhov (no volume *Os males do tabaco e outras peças em um ato*, Ateliê, 2001), o conto "Vii", de Nikolai Gógol (em *Caninos: antologia do vampiro literário*, Berlendis & Vertecchia, 2010), as novelas *Minha vida* (2011) e *Três anos* (2013), de Tchekhov (Editora 34), a reunião de contos de Nikolai Leskov *A fraude e outras histórias* (Editora 34, 2012), o primeiro volume dos *Contos de Kolimá*, de Varlam Chalámov (com Elena Vasilevich, Editora 34, 2015) e a peça *Tempestade*, de Aleksandr Ostróvski (Peixoto Neto, 2016). Traduziu também diversos textos para a *Nova antologia do conto russo* (2011) e para a *Antologia do pensamento crítico russo* (2013), ambas organizadas por Bruno Barretto Gomide e lançadas pela Editora 34.

Este livro foi composto em Sabon,
pela Bracher & Malta, com CTP da
New Print e impressão da Graphium
em papel Pólen Soft 80 g/m² da Cia.
Suzano de Papel e Celulose para a
Editora 34, em maio de 2020.